나는 어둡고 적막한 집에 홀로 있었다

남진우 시집

문학동네시인선 140 남진우

나는 어둡고 적막한 집에 홀로 있었다

시인의 말

밤의 끝, 알 수 없는 곳에서
새들이 이야기를 물고 날아온다.

이른 새벽
문 두드리는 소리에 나가 보면
아무도 없는 텅 빈 거리 저편
새들이 물고 온 소식이 허공에 빛나고 있다.

2020년 어느 아침
남진우

차례

2부 거울 속에서 전쟁이 시작되었나보다

3부 깊은 밤 침입자가 창을 넘어 들어왔다

4부 자 이제 받아서 쓰기만 하면 되네

1부
아주 오래된 폐가의 문을 열고 들어가면

전투

일군의 병사들이 숲으로 행진해 들어갔다. 숲은 깊고 고요했다. 조만간 병사들은 보이지 않았다. 다시 일군의 병사들이 숲으로 행진해 들어갔다. 어쩌면 그들은 적군이었는지도 모른다. 곧 그들도 사라져 보이지 않았다. 숲은 깊고 고요했고 다시 또다른 일군의 병사들이 숲으로 행진해 들어갔다. 어쩌면 그들은 적군의 적군이었는지도 모른다. 전쟁은 계속되었고 병사들은 이쪽에서 저쪽으로 저쪽에서 이쪽으로 숲을 향해 들어갔다. 하지만 그 누구도 숲에서 나오지는 못했다. 숲은 깊고 고요했고 달도 없는 어두운 밤이면 간혹 병사들이 행진하며 내는 북소리와 무기 부딪는 소리, 모닥불 옆에 앉아 주고받는 웃음소리가 들려오곤 했다. 아주 오랜 세월이 흐른 후 전쟁이 끝나고 한 소년이 숲으로 들어갔다. 나뭇잎을 헤치고 덩굴을 걷어내며 조심조심 걸어가던 소년의 발에 무엇인가 밟혔다. 몸을 굽히고 들여다보자 어린 시절 가지고 놀던 장난감 칼이 흙속에 묻혀 있었다. 주워드는 순간 갑자기 불어온 바람에 주위의 나무들이 일제히 술렁거렸다. 몸을 일으키며 둘러보니 사방에 수많은 병사들이 총과 칼을 겨눈 채 소년을 에워싸고 있었다.

창가에서

숲에서 총소리가 들리고 새들이 하늘 높이 솟구쳐올랐다. 창틀에 몸을 기댄 채 숲을 바라보던 소녀가 말했다. 저녁에 아빠가 돌아오시면 새 요리를 먹을 수 있겠네. 부엌 식탁 옆의 딱딱한 의자에 앉아 뜨개질하던 엄마가 대답했다. 저놈의 사냥이 언제나 끝날지. 다시 총소리가 울려퍼지고 새들이 화급히 하늘을 선회하는 것이 보였다. 아빠는 명사수잖아. 우린 오늘 저녁 맛있는 새고기를 먹게 될 거야. 몸을 구부리고 뜨개질을 하던 엄마가 대답했다. 글쎄, 저놈의 사냥이 언제나 끝날지. 한동안 뜸을 두었다가 다시 총소리가 들리고 새들이 날아올랐다. 날은 점점 어두워져 이제 숲도 보이지 않게 되었다. 얼마 후 총소리도 더이상 들리지 않았다. 숲에서 새들이 지저귀는 소리만 가지와 잎사귀를 두드리며 굴러다니고 있었다. 엄마, 날이 저물었는데 아빠는 왜 안 돌아오시는 거예요? 창틀에서 몸을 돌리고 소녀가 물었다. 뜨개질거리를 식탁 위에 내려놓으며 엄마가 대답했다. 내일 날이 밝으면 다시 사냥이 시작될 거야. 언젠가 사냥이 끝나면 그때 맛있는 새 요리를 해줄게. 힘없이 어깨를 늘어뜨리고 창틀에 기대선 소녀가 말했다. 글쎄, 저놈의 사냥이 언제나 끝날지……

적막

어느 날 아침 잠자리에서 일어났을 때 그는 눈에 뭐가 낀 것처럼 주위의 사물들이 잘 보이지 않는다는 걸 깨달았다. 열린 창문으로 침실에까지 안개가 밀려온 것일까 생각했지만 방의 모든 문은 굳게 잠겨 있었다. 방 한가운데 서서 그가 한숨을 쉬듯 말했다. 여보, 내 눈이 멀어가고 있나봐. 석 달 전 땅속에 묻힌 아내가 멀리서 대답하는 음성이 들려왔다. 괜찮아요. 곧 겨울이 올 거예요. 다음날 아침 깨어났을 때 그는 어제보다 더 보이지 않는다는 사실을 알았다. 주위의 모든 사물이 더 흐릿해져가고 있었다. 그에게서 더 멀어져가고 있었다. 괜찮아요. 우리는 다시 만나게 될 거예요. 아내가 좀더 또렷한 음성으로 말을 건네왔다. 다음날 그다음날 그는 점점 더 보이지 않게 되었다. 침대 아래로 내려오다가 몸을 가누지 못하고 나둥그러지기도 했다. 팔로 침대 모서리를 짚고 겨우 일어나는 순간 그는 희미한 무엇이 저 멀리서 언뜻 스쳐지나간다고 생각했다. 며칠 후 일어났을 땐 그는 거의 눈이 보이지 않았다. 괜찮아요. 당신에겐 제가 있잖아요. 자신의 뺨에 입김 같은 것이 닿는다고 생각해 손을 뻗쳐보았지만 그 무엇도 잡히지 않았다. 그리고 다음날 깨어났을 때 그는 정말 아무것도 보이지 않았다. 사방이 아득한 안개에 잠겨 있었다. 아, 여보, 난 이제 아주 장님이 되고 말았어. 그가 두 팔로 허우적거리듯 허공을 휘저으며 말했다. 바로 곁에서 아내의 음성이 들려왔다. 괜찮아요. 이제 나랑 같이 떠나면 돼요. 아내의 얼음처럼 차가운 손이 그의 얼굴에 닿았다.

고양이의 비밀

이 고양이로 말씀드릴 것 같으면, 초록색 눈을 가진 마법사가 말했다. 궁전 안의 모든 쥐들을 한 마리도 남김없이 잡아서 없앨 것입니다. 그게 나랑 무슨 상관인가. 옥좌 위의 왕이 비웃음을 잔뜩 머금은 음성으로 대답했다. 나는 살아오면서 이 궁전 안에서 쥐새끼 한 마리 발견하지 못했네. 그따위 고양이는 시골 아낙에게나 주어버리게. 마법사의 품에 안긴 고양이가 야옹 하고 울었다. 그 순간 왕의 눈에 작은 쥐 한 마리가 빠르게 건너편 기둥 모서리를 지나 사라지는 것이 보였다. 그러나 그는 헛기침을 한 다음 몸을 뒤로 젖히고 말했다. 설령 쥐가 한두 마리 있다 해도 내 밑의 무수한 하인들과 병사들이 알아서 처리해줄 걸세. 초록색 눈을 가진 마법사는 아무 말 없이 가슴에 안은 고양이를 쓰다듬고 있었다. 조금 더 크게 고양이가 야옹 하고 울었다. 마법사에게 물러나라는 소리를 하려던 왕의 눈에 일가족으로 보이는 쥐 다섯 마리가 벽 뒤편으로 빠르게 사라지는 것이 들어왔다. 이 고양이로 말씀드릴 것 같으면, 눈이 초록색에서 갈색으로 변한 마법사가 여전히 고양이의 부드러운 털을 쓰다듬으며 말했다. 폐하의 궁전에 가득찬 모든 쥐들을 다 죽여 없앨 것입니다. 나와는 상관없대두. 왕이 버럭 소리를 질렀고 고양이가 다시 야옹 하고 울었고 쥐 한 마리가 왕의 무릎 위로 튀어올라왔고 왕이 순간적으로 벌떡 일어났다. 어디서 나타났는지 수많은 쥐들이 왕과 마법사 사이를 가득 채우고 굼실거리며 이동하고 있었다. 그럼 소신은 이만 물러가겠습니다. 마법사가 뒷걸음질치며 말했다. 그게 무슨 소린가. 자네 눈엔 이 쥐떼가 보이지 않는다는 말인가. 빨리 그 고양이를 풀어서 저놈들을 보이지 않게 해주게. 왕이 두 손으로 옥좌 팔걸이를 움켜쥔 채 소리질렀다. 이 고양이로 말씀드릴 것 같으면, 눈이 초록색에서 갈색으로, 갈색에서 다시 선홍색으로 변한 마법사가 느릿느릿 말을 이었다. 한번 시작하면 끝을 보아야 합니다. 상관없대두, 이 쥐들만 물리쳐준다면 이 궁전이 무너져도 괜찮다니까. 왕의 말이 끝나기도 전에 마법사의 옷자락이 펄럭이는가 싶더니 고양이가 뛰어내려 쥐들을 덮쳤다. 고양이가 허공으로 몸을 날릴 때마다 쥐들이 무더기로 죽어나갔다. 그러나 그럴 때마다 어디선가 새로운 쥐들이 나타났고 고양이는 쉬지 않고 쥐 쥐 쥐들을 물어 죽였다. 부들부들 떨며 이 광경을 지켜보던 왕이 물었다. 너, 너는 누구냐? 산더미처럼 쌓인 쥐의 사체 사이를 거닐던 마법사가 온화한 웃음을 머금고 대답했다. 저는 왕께서 꾸고 계신 쥐떼의 꿈에 등장하는 마법사에 지나지 않습니다. 이제 곧 꿈에서 깨시면 폐하께선 기둥뿌리까지 쥐들에게 다 갉아먹힌 폐허의 궁전을 보게 되실 것이옵니다.

문

아주 오래된 폐가의 문을 열고 들어가니 할머니 한 분 구석에 앉아 계시네. 할머니 옆에 다가가니 낡은 보퉁이 하나 굴러다니고 있네. 그 속엔 무엇이 들었나요, 물으니 할머니 히죽이 웃으시곤 보퉁이를 풀기 시작하네. 꽁꽁 묶은 보퉁이를 풀어헤치자 다른 보퉁이가 나오고 그 보퉁이를 풀자 또다른 보퉁이가 나오네. 뭐길래 저렇게 소중하게 싸고 또 싼 것일까 생각하며 할머니 손놀림을 바라보고 있노라니 할머니 문득 풀다 만 보퉁이를 내게 내미시네. 그 보퉁이 가슴에 안고 폐가를 나오자 하늘은 눈부시게 푸르르고 태양은 환한 햇살을 사방에 무진장 퍼뜨리고 있네. 돌아보니 어느새 폐가는 보이지 않고 나 홀로 들판 끝 외딴 벼랑 옆에 서 있네. 보퉁이를 옆구리에 끼고 걸어가다 문득 생각이 나 멈춰 서서 보퉁이를 풀기 시작했네. 하나 풀고 둘 풀고 셋 풀고 끝없이 겹겹이 싼 보퉁이를 풀어헤치다 지쳐 털썩 길가에 주저앉고 말았네. 풀다 만 보퉁이를 옆에 던져두고 잠시 졸음에 잠겼는데 멀리서 삐걱이며 오래된 나무문이 열리는 소리가 들리네. 어둑한 그늘 저편에서 소녀가 나타나 내게 다가오더니 내 옆에 굴러다니는 낡은 보퉁이를 가리키며 묻네. 그 속엔 무엇이 들었나요.

거리의 악사

거리의 악사가 노래 부르자 거리를 향해 난 창이 일제히 열렸다. 사람들은 창가에 서서 악사가 아코디언의 반주에 맞춰 부르는 구슬픈 노래 소리를 들었다. 간혹 비둘기가 깃을 치며 지붕 위로 날아올랐지만 거리는 악사의 노래 소리가 흐르고 있을 뿐 고요했다. 노래가 끝나자 창가의 사람들은 일제히 박수를 쳤다. 이층 베란다에서 꽃이나 동전 던지는 시늉을 하는 이도 있었다. 나이든 이들 중엔 눈가에 맺힌 눈물을 훔치는 사람도 있었다. 하늘엔 낮게 구름이 드리워져 있었고 쇠약한 빛이 광장의 분수대와 돌계단을 비추고 있었다. 거리의 악사가 이번엔 노래 없이 아코디언을 연주하기 시작했다. 창가의 사람들은 숨을 멈춘 것처럼 고요한 가운데 음악에 귀를 기울였다. 연주가 계속될수록 사람들의 몸은 점점 굳어갔다. 날이 저물어 악사가 주섬주섬 악기와 장비를 챙기고 일어설 무렵 사람들은 완전히 정물이 되어 창가에 붙어 있었다. 자신의 음악을 경청해준 주민들을 향해 모자를 흔들어 인사한 다음 악사는 내일 다시 오겠다고 소리치고 떠났다. 거리는 텅 비었다. 길 잃은 바람만이 행인 하나 없는 거리를 휩쓸고 지나갔다. 하지만 창가의 사람들은 수 세기가 흐른 것처럼 먼지를 뒤집어쓴 채 창을 지키고 있었다. 오로지 거리 아래 악사가 서 있던 자리가 어둠에 잠겨드는 것을 지켜보고 있었다. 잠시 후 포성이 들리더니 멀리서 진군해 들어오는 병사들의 구령 소리가 울려퍼졌다. 점령군이 텅 빈 도시를 접수하기 위해서 밀려오고 있었다. 거리를 향해 난 창이 일제히 닫히고 커튼이 내려졌다. 산 사람은 아무도 없는 도시에 오직 죽은 이들만 거리의 악사의 음악을 듣기 위해 머물고 있었다.

책도둑

책을 너무나 사랑한 나머지 그는 꿈을 꾸면서 다른 사람의 서재에 들어가 그의 서가에 꽂힌 책 가운데 마음에 드는 것을 훔쳐오기 시작했다. 매일매일 꿈을 꿀 때마다 그는 친척이나 친구의 집을 하나씩 방문해서 읽고 싶은 책을 들고 나왔다. 꿈속에선 이상하게도 책을 지키는 사람이 없었고 그래서 그는 너무도 쉽게 책을 집어들고 나올 수 있었다. 처음엔 가슴이 쿵쾅거리고 얼굴이 붉게 달아올랐으나 시간이 흐를수록 숙달이 되어서 태연히 모르는 사람의 집에 들어가 책을 뽑아들고 나올 수도 있게 되었다. 처음엔 한아름씩 욕심껏 들고 나오기도 했으나 나중엔 의미가 있다고 생각한 책만 한두 권 골라서 집어 나올 정도가 되었다. 얼마 전 한 친구와 술을 마시다 그 친구에게서 소중하게 간직해온 어떤 책이 있는데 아무리 자기 집을 뒤져도 그 책을 찾을 수 없더라는 푸념을 듣고 그는 자신의 꿈속의 서가에 꽂힌 그 책을 떠올리며 회심의 미소를 짓기도 했다. 그의 꿈속에서 그의 서가는 다른 사람의 서가에서 훔쳐온 책들로 빼곡히 들어찼고 나중엔 계단과 방바닥에 쌓아놓아야 하는 지경에 이르렀다. 그의 꿈속의 서재는 책으로 넘쳐났지만 그럼에도 책에 대한 그의 욕망은 조금도 줄어들지 않았다. 이제 그는 꿈속에서 틈만 나면 서점이나 공공도서관에 들어가 마음에 드는 장정이나 호기심이 가는 내용의 책을 골라서 가지고 나오곤 했다. 책에 대한 지칠 줄 모르는 욕망은 그의 꿈속의 서재는 물론이고 거실과 침실 심지어 주방과 욕실과 현관까지 책으로 가득 채우게 했다. 그는 꿈속에서 책을 훔치느라 미처 읽을 겨를이 없었고 일어나선 그가 훔칠 만한 책을 주위에서 찾고 고르느라 역시 책을 제대로 읽지 못했다. 깨어 있는 동안 그가 마주해야 하는 빈곤한 서가와 달리 높다랗게 쌓아올려진 꿈속의 서가는 그에게 책을 소유한다는 것의 진정한 기쁨을 일깨워주곤 했다. 그래서 꿈속의 그의 집은 그가 읽지 않은 책들로 거의 폭발할 지경에 이르렀다. 그는 훔쳐온 책들을 애무하듯 쓰다듬고 표지를 넘기고 목차를 훑어본 다음 내려놓고 다른 책을 역시 조심스럽게 어루만지는 일을 반복했다. 책을 너무나 사랑한 나머지 그는 현실 속에서 책을 읽기보다 꿈속에서 책과 더불어 살기로 했다. 그래서 그는 오늘도 잠이 들기 전 그가 낮에 보았던 갖고 싶은 책을 머릿속에 떠올리고 그 책이 있을 만한 장소에 이르는 길을 가늠하며 잠자리에 든다.

설인(雪人)

저 멀고먼 산 깊고 깊은 숲속엔 흰털로 뒤덮인 크다란 설인이 살고 있어 눈 그친 겨울밤 홀로 나와 둥근 달 아래 성큼성큼 걸어다닌다 한다. 설인의 발자국 위로 다시 바람에 눈이 쓸려 와 덮이고 그 위로 다시 발자국을 찍으며 설인은 온밤 산속을 돌아다닌다 한다. 높은 산꼭대기에 올라 설인은 둥근 달 바라보며 우우우 늑대 울음을 울다가 저멀리 불빛 한 점 보이지 않는 산기슭을 굽어보다가 달을 향해 뛰어오를 듯 몸을 날린다 한다. 눈 그친 산정, 아무리 뛰어올라도 달은 붙잡을 수 없고 설인 홀로 막막히 환한 어둠 속으로 줄달음쳐 가는 산의 능선들 바라보다가 문득 자기 주변 여기저기 찍힌 발자국 바라보다가 제자리에서 맴을 돈다고 한다. 둥근 달 아래 빙글빙글 도는 설인의 춤. 우우우 흰털로 뒤덮인 설인의 거대한 몸이 달빛 따라 사방에 흩뿌려지고, 함박눈처럼 흩어져 내리는 설인의 몸이 다음날 새벽 산 아래 마을에 폭설로 쏟아진다 한다. 내리는 눈, 손바닥으로 받으며 마을 사람들 어젯밤 또 설인께서 다녀가셨군 중얼거린다 한다.

악어

그놈들은 어디서 튀어나올지 모른다. 당신이 자는 침대 밑 어둠 속에 숨어 있을 수도 있고 낡은 장롱 속 켜를 이룬 채 쌓인 이불 사이에 웅크리고 있을 수도 있다. 의자에 걸터앉아 발을 대롱거리며 아침을 먹고 있던 아이를 식탁 밑의 그놈이 발가락부터 먹어치웠다는 소문도 있고 거리에서 무심코 휴지를 버리려던 행인의 팔을 쓰레기통 속의 그놈이 덥석 물어뜯었다는 신고도 접수된 지 오래이다. 열려 있는 맨홀 옆을 지나다 악어에게 끌려 하수구 속으로 사라진 사람도 있다. 길을 가다 아무 이유 없이 보도블록이 들썩인다거나 바람도 없는데 가로수 잎사귀가 부산히 흔들린다면 주의깊게 살펴보아야 한다. 멋모르고 지나치다가 그놈에게 발뒤꿈치를 물리거나 뒤통수를 씹힐 우려가 있기 때문이다. 깊은 밤 공중화장실에서 아무 변기에나 걸터앉다간 화를 당하기 십상이다. 그놈이 싱글거리면서 그 큰 아가리로 당신의 엉덩이를 한입에 삼키려 들지 모른다. 오래된 카페의 삐걱거리는 목조 계단을 밟고 올라가다가 발을 헛디디면 계단 아래 마루 속에서 막 몸을 일으킨 그놈 뱃속으로 굴러떨어질 수도 있다. 이 도시 곳곳은 놈들의 놀이터. 붐비는 지하철 좌석도 팝콘 냄새 떠도는 극장 로비도 특급 호텔 엘리베이터 천장도 안전하지 않다. 잠시라도 긴장을 풀거나 주의를 늦추면 그놈들이 나타나 쩍 벌어진 입을 앞세우고 달려들 것이다. 번들거리는 눈빛에 무쇠보다 더 두껍고 질긴 가죽으로 무장하고서. 그놈들은 밤이면 은밀히 불 꺼진 빌

딩을 기웃거리면서 야간 당직자를 노리기도 하고 아파트 외벽을 타고 오르내리다가 열린 창문을 발견하면 커튼 사이로 머리를 디밀기도 한다. 악어, 그놈들은 어디서 튀어나올지 모른다. 자다가 돌아눕는 순간 무심코 껴안은 것이 아내가 아니라 악어라 한들 그렇게 놀랄 일은 아니다. 직장에서 못마땅한 표정으로 보고서를 들추고 있는 상관의 의자 밑으로 악어 꼬리가 어른거린다 해도 지레 겁을 먹어서는 안 된다. 당신이 분명히 알아두어야 할 것은 우리 사이에 악어가 숨어 있는 것이 아니라 악어들 사이에 우리가 살고 있다는 것. 유일한 문제는 조용히 살다 어느 날 소리 소문 없이 사라지느냐 아니면 악을 쓰며 뼈만 남을 때까지 뜯기면서 사느냐, 그 차이일 뿐이다.

밤으로의 표류

어디서 떠내려오는 것일까. 이 갈대상자들. 창백한 아기의 시신이 담긴 바구니들이, 이 밤, 어느 연안을 찾아 헤매는 것일까, 여인들이 밤을 새워 우는 동안 소리도 없이 떠내려오는 갈대상자들. 물살에 밀려 잠시 맴을 돌다 다시 어두운 하구로 밀려가는 낯선 선물들. 들어보라, 그 안에 담긴 죽은 아기를 들어올려보라. 지금 그대 팔 안에 안겨 있는 것. 한 마리 연약한 새의 날갯짓 같은 이 떨림. 그 옛날 그대가 버린 아기들이, 이 밤, 눈 꼭 감은 채, 어두운 물위를 떠내려가고 있다.

산호초
—어느 항해의 기록

책을 읽어나가다 빈 페이지와 맞닥뜨리는 순간이 있다. 한 페이지 전체가 텅 빈 채 눈에 들어차는 순간이 있다. 앞 페이지로 넘어왔다가 뒤 페이지를 넘겨보며 이게 의도적인 것인지 아니면 단순한 실수의 소산인지 가늠해보는 짧은 순간이 있다. 혀를 차며 책 읽기를 여기서 중단할 것인지 일단 빈 페이지를 건너뛰어 읽기를 계속할 것인지 생각해보는 순간이 있다. 아무것도 쓰여 있지 않은 텅 빈 페이지를 앞에 두고 둔중한 괘종시계 종소리가 아득한 시간을 건너 유년의 어느 저물녘 어두운 겨울의 낭하 저편으로 울려퍼질 때, 혹은 눈보라 속으로 점점이 멀어져가는 행인들의 뒷모습이 맞은편 어두운 거울에 비쳤다 지워질 때, 그 짧고도 긴 순간, 문득, 흠칫, 몸을 떨며, 당신은, 보게 될 것이다. 뚫어지게 바라보고 있던 백지에서 와글거리며 어떤 글자들이 떠올랐다가 다시 흰 물살에 휩쓸려 백지의 심연 속으로 순식간에 가라앉아버리는 것을. 미처 글자들을 따라잡지 못한 당신의 시선이 거듭 흰 물살에 휩쓸려 미끄러질 때 어디선가 불어온 바람에 책은 펄럭이고, 펄럭이는 페이지를 붙잡고 앞으로 뒤로 아무리 뒤져보아도 빈 페이지는 찾을 수 없고, 다만 페이지에서 페이지로 이어져가는 글자들의 끝없이 긴 행렬이 대기하고 있을 뿐. 당신의 손 위에서 책은 페이지마다 그토록 많은 암초들을 숨겨놓고 은밀히 당신의 시선이 수면 위를 스쳐지나가기만을 기다리고 있는 것이다.

화염국

이 나라 사람들은 머리카락이 불길로 되어 있습니다. 활활 타오르는 불을 머리에 이고 길을 오갑니다. 사람들은 담배에 불을 붙이거나 벽난로에 불을 피우려 할 때 성냥을 찾는 대신 머리를 숙이고 가져다 댈 뿐입니다. 어둠이 내린 다음에도 밤길을 걱정할 필요가 없습니다. 밝게 빛나는 머리카락의 덤불이 사방을 환히 비추어주니까요. 오직 잘 때에만 잠시 불이 잦아들어 반들반들한 머리를 베개에 누이고 꿈에 빠져듭니다. 이 나라 사람들은 사랑하는 사람과 함께할 때에는 입술 대신 이마를 맞댑니다. 횃불처럼 타오르는 머리가 서로를 휘감고 평소보다 더 높이 치솟아오르면 두 사람의 사랑은 절정에 이른 것입니다. 타오르는 불꽃나무가 늘어서 있는 거리를 그들이 달려갑니다. 밤하늘에 축포처럼 불꽃이 터지고 불의 깃털을 문 새들이 날아다닙니다. 이 나라 사람들이 두려워하는 건 비가 오는 것입니다. 우기가 되면 이들은 집에 틀어박혀 타오르는 머리를 감싸쥐고 빗소리가 멀어지기만을 기다립니다. 지루한 장마가 그치고 나면 이글이글 불꽃이 이는 머리를 한 남녀들이 일제히 거리에 쏟아져나와 누군가를 찾아 부지런히 쏘다닙니다. 그 나라가 어디에 있냐고요? 한번 사랑이라는 것에 빠져보세요. 당신 또한 머리 위로 뜨거운 불길을 뿜어내며 몇 날 며칠 광활한 화염국을 정처 없이 헤매게 될 것입니다.

광야를 달리는 사자처럼

그는 사자에게 쫓기고 있었다. 사자가 그 큰 아가리를 벌려 이제 막 그의 한쪽 다리를 물어뜯으려고 하고 있었다. 그는 주먹을 움켜쥐고 어두운 숲속을 한없이 달렸다. 움켜쥔 두 손에서 무엇인가 흘러내리고 있었다. 어쩌면 그것은 피인지도 몰랐다. 달리는 그의 곁으로 불에 타다 만 검은 나무들이 휙휙 빠르게 스쳐지나갔다. 그는 사자에게 쫓기고 있었다. 사자의 날카로운 이빨이 이제 막 그의 허벅지를 파고들어가려 하고 있었다. 그는 두 발로 대지를 걷어차듯 내달렸다. 그의 눈동자에 비친 어두운 하늘엔 하얗게 질린 별들이 떠 있었다. 별들이 눈동자 속으로 쏟아져 들어올 때마다 그는 눈을 닫았다 떴다. 땀이 온몸을 축축이 적시며 흘러내려 신발에 고이고 있었다. 그는 사자에게 쫓기고 있었다. 불처럼 뜨거운 사자의 혀가 이제 막 그의 목덜미를 핥아내리고 있었다. 숲을 지나 언덕을 달려 내려가며 그는 하나 둘 셋 넷 숫자를 헤아리기 시작했다. 그가 지나칠 때면 상점들은 서둘러 불을 끄고 어둠 속으로 미끄러져갔다. 정거장에서 누군가를 본 것도 같았지만 기억나지는 않았다. 신문지를 구기듯 눈앞에 펼쳐진 거리에 금이 가기 시작했다. 숫자는 마흔아홉에서 더 나아가지 않았다. 그는 사자에게 쫓기고 있었다. 사자에게 쫓기며 그는 이 세상에 사자 따위는 없어, 라고 외치고 있었다. 사자의 큰 아가리가 그를 완전히 집어삼킨 뒤에도 그는 여전히 짙은 어둠 속을 달려가고 있었다. 미끈거리는 사자 뱃속을 달려가는 그의 눈에 저멀리

동굴 입구처럼 벌어진 사자의 아가리가 보였다. 사자는 지금 또다른 누군가를 뒤쫓아 달리고 있었다. 그는 앞서 달리는 누군가의 발목을 물어뜯기 위해 있는 힘껏 입을 크게 벌렸다. 마침내 그의 입이 사자의 아가리에 가득찼다.

검은 고양이

깊은 밤 은밀히 벽이 갈라진다. 조금씩 아주 조금씩 모래알 흘러내리는 소리와 함께 그대가 누워 있는 방 사방 벽에 서서히 금이 그어진다. 벽 속에서 검은 고양이가 울고 있기 때문이다. 어두운 밤 잠든 그대는 입맛을 다시며 돌아눕고 멀리서 밤기차가 기적을 울리며 달려간다. 밤이 되면 옷장에 걸린 옷들은 모두 수의처럼 흰빛으로 물들고 갈라진 벽의 틈새로 고양이 울음이 울려퍼진다. 시체와 함께 파묻어버린 저 검은 고양이. 아무도 알지 못한다. 아무도 듣지 못한다. 벽이 갈라지며 그 틈새로 고양이 두 눈알이 빛을 내기 시작한다. 빠르게 스쳐지나가는 밤기차 차창마다 하얀 얼굴이 하나씩 걸려 있다. 이 밤 꿈에서 아이가 부르는 동요를 따라 살인마가 다가오리라. 깊은 밤 소리 없이 벽이 갈라지고 검은 고양이가 사뿐 방바닥으로 뛰어내려 잠자는 그대에게 다가온다.

서역만리

꿈속에서 사막을 보았다. 멀리 모래먼지를 일으키며 한 떼의 병사들이 말달려 오고 있었다. 폐허가 되어버린 성의 우물가에서 누군가 내게 물 한 바가지를 떠주었다. 돌이 깔린 오래된 골목, 얼굴을 가린 여인들은 종종대며 문을 닫아걸고 낯선 문자의 낙서가 가득한 담벼락 앞에 앉은 노인들은 장기판에 코를 박고 별자리를 헤아리고 있었다. 모래먼지를 일으키며 한 떼의 병사들이 나를 덮치고 지나갔다. 성탑 위엔 후궁으로 보이는 여인들이 묵묵히 지상에서 벌어지는 전투와 살육의 현장을 내려다보고 있었다. 왕은 망나니에게 길에서 잡혀 온 떠돌이의 목을 치라고 명령했다. 호위병들이 달려오고 머리를 산발한 여인들이 울며 입고 있던 옷을 잡아 찢었다. 기진해 쓰러진 내 몸을 누더기를 걸친 아이들이 깔깔대며 질질 끌고 갔다. 망나니가 큰 칼을 내리치는 순간 땅바닥에 나뒹구는 떠돌이의 몸이 보였다. 눈을 크게 뜬 채 굴러가는 떠돌이의 목은 바로 내 얼굴을 하고 있었다. 성탑 위 허공엔 까마귀들이 원을 그리며 날고 있었다. 칼을 휘두르며 한 떼의 병사가 어전을 가로질러 옥좌에 앉아 외치고 있는 왕을 짓밟고 지나갔다. 비스듬히 휘어진 적장의 칼이 왕의 가슴을 관통할 때 목이 잘려 쓰러진 떠돌이가 비명을 지르며 돌아누웠다. 후궁들이 몸부림치며 끌려나가는 동안에도 장기판을 마주한 노인들은 여전히 상대의 다음 수를 헤아리는 데 골몰해 있었다. 아이들이 함성을 지르며 폐위된 왕의 시신을 질질 끌고 거리로 나왔다. 다시 한 떼의 병사들이 모래먼지를 일으키며 내가 잠들어 있는 동굴을 가로질러 어디론가 달려갔다. 꿈에서 깨어나자 사막이 저만치 물러났다. 목마른 나는 물을 찾다가 할 수 없이 내 옆에 뒹구는 떠돌이의 해골에 고인 빗물을 들이켰다. 내가 걸어가야 할 머나먼 사막이 눈부신 햇살 아래 끝없이 펼쳐져 있었다.

서산에 해 지고

흰 꽃과 붉은 꽃이 어지러이 피어 있는 꽃밭 사이로 난 길이었다. 해가 아직 머리 위에 있었는데 날이 저물고 있었다. 강 건너 상두꾼의 구슬픈 목소리가 잦아들고 어디선가 밥 짓는 연기가 가늘게 풀려나고 있었다. 분명 내가 알고 있던 길이 어디론가 사라져버리고 내 앞엔 낯선 무덤이 하나 놓여 있는 것이었다. 윤나는 검은 머리에 하얗게 소복을 한 여인은 자신의 긴 머리를 저승 끝까지 드리우겠다는 듯 어깨로 물결을 짓고 있었다. 흰 꽃과 붉은 꽃이 어지럽게 피어 있는 꽃밭 사이로 난 길이었는데 나는 분명 내가 알지 못하는 그곳에서 누군가를 기다리고 있었던 것이다. 철새의 무리인지 하늘 높이 열을 지어 날아가는 새들이 보였고 마른 바람 한줄기 불지 않았지만 주변의 나무들은 무심히 가지와 잎사귀를 흔들어댔다. 울다 지친 여인마저 떠나고 난 뒤 적막한 산하에 누군가를 부르는 목소리가 밀려와 차츰 차올라왔다. 홀로 무덤 주위를 돌며 쓸쓸히 흙에 묻힌 잔돌이며 버러지며를 골라내던 나는 이윽고 저 아래 산길을 돌아 이리로 오고 있는 그를 보았다. 저무는 햇빛을 등지고 느릿느릿 발을 옮기는 그가 내게 다가올수록 내 가슴은 사정없이 뛰었고 내 눈은 크게 벌어졌다. 흰 꽃과 붉은 꽃이 어지러이 피어 있는 꽃밭 사이로 난 길을 걸어 그와 내가 걸어가야 할 아득한 여정이 떠올랐다.

산그림자

그날 밤 내 피는 뻐꾸기 울음소리를 싣고 먼산으로 흘러 흘러갔다. 어두운 연못 위로 누군가의 그림자가 어른거리다 사라지고 아련히 지워지는 물무늬 저 아래로 흰 손 하나가 올라와 나를 손짓하는데 뻐꾸기는 내 핏줄을 휘감으며 더욱 진한 울음을 울고 다시 멀리서 피리 소리가 들려와 잎사귀를 흔들고 흔들며 밤은 차츰 깊어가는데 나는 점점 길어지는 산그림자에 갇혀 가냘픈 숨결을 간신히 지키고 있었다. 몸 깊숙이 수런거리는 피가 다 잠들고 덜그럭거리는 뼈와 관절들마저 잠잠해지기까지 나는 누가 와서 묻어주기만을 기다리며 풀숲을 헤치고 다니는 벌레들에게 아직 싱싱한 내 살점을 나눠주기도 했다. 멀리 배고픈 승냥이 울음이 귓전을 어지럽힐 적마다 나는 일어나 한바탕 춤이라도 추고 싶은 마음 억누르며 반딧불 떠다니는 허공을 묵연히 바라보다가 둥근 달이 떠올라 내 눈썹 밑을 환히 비추면 지나간 세월 먼지 털듯 툭툭 털어버리고 다시 산굽이 돌아 마을로 가는 길, 어느 시냇가 징검다리에 잠시 멈춰 서서 물 밑바닥에 내 그림자를 담갔다 꺼내보고도 싶었다. 어느새 풀잎들은 무성히 자라 내 누운 자리를 덮고 어둑허니 나부끼는데 나는 손톱이 다 문드러진 손을 들어 내 머리맡 구부러진 노송의 두툼한 껍질을 긁어 거기 흐르는 즙에 목을 축이며 온몸에 뒤집어쓴 피와 진물을 씻어내고 싶기도 했다. 마지막 숨이 내 입을 빠져나와 흩어지는 동안 멀거니 내 식어가는 육신을 지키고 앉아 있던 나는 이제 야산 어디 버려진 주인 없는 무덤이라도 찾아들어가거나 마실 나왔다 비탈의 어느 덤불 아래에서라도 들러붙은 남녀의 허덕이는 숨소리 속으로 잦아들어가야 할 터인데 저기 연못 수면 위로 다시 흰 손 하나 올라와 연신 나를 손짓하고 뻐꾸기는 다시 지천으로 울음 주머니를 풀어 나더러 같이 가자 하는데 이제 형체를 알아볼 수 없이 된 몸 산그림자에 숨기고 나는 무작정 먼길 떠나고 싶은 것이다.

약속의 땅

뗏목을 타고 우리는 흘러간다. 사거리에서 뗏목에 막히기도 하고 광장 한복판 뗏목끼리 부딪쳐 부서져나가기도 하면서 우리는 악착같이 뗏목에 매달려 떠내려간다. 그 뗏목이 가닿는 자리마다 언덕이 무너지고 숲이 베어져 넘어지고 광막한 황야가 생겼다. 뜨거운 햇살이 검은 등가죽을 사납게 태우는 날들이 계속되었다. 뗏목의 주민들이 뗏목을 타고 흘러가선 돌아오지 않는 그 길을 다시 또다른 뗏목이 밀려오고 밀려가고 그 어느 길목 뿔뿔이 흩어진 식구들은 저마다 하나씩 뗏목을 마련해 그 뒤를 좇았다. 그렇게 그들은 차례로 어둠 속에 묻혀갔건만 홍수의 밤과 가뭄의 낮을 견뎌냈건만 그들 뗏목이 떠내려가는 강의 하구는 아직도 보이지 않고 멀리서 가늘게 피어오르는 연기는 자취도 없이 구름기둥 속에 빨려들어갔다. 강변 모래톱마다 뗏목에서 떨어져나간 자들의 해골과 뼈가 쌓여 있었다. 강둑이나 폐선장마다 미처 뗏목을 구하지 못한 이들이 울며 외치며 땅을 두드리거나 하늘을 향해 두 팔을 치켜들고 뭔가 간구의 소리를 내지르고 있었다. 뗏목을 타고 우리는 흘러간다. 헐벗은 마을을 지나 까마득한 절벽과 폭포를 가로질러 다만 정처 없이 떠내려간다. 저멀리 눈부시게 빛나는 약속의 땅을 향해 가고 또 가며 뗏목과 함께 우리는 가라앉는다.

2부

거울 속에서 전쟁이 시작되었나보다

성문 앞 보리수

장님의 행렬이 지나간다. 누군가 등불을 들어 지나는 이의 얼굴을 들여다본다. 석양의 재가 떨어져 쌓이는 지평선. 어디선가 은밀히 축제가 시작되고 떠들썩한 웃음과 거품 이는 술잔들이 오간다. 아무도 살지 않는 집. 뒤안으로 가서 말라버린 우물을 들여다본다. 거기 잃어버린 눈들이 모여 살고 있다. 두레박을 내려 눈들을 퍼올린다. 장님들의 행렬이 지나가고 또 지나간다. 거센 바람이 부는 황폐한 거리. 누군가 등불을 들고 내 얼굴을 들여다본다. 내 눈에 가득 고인 검은 재가 바람에 불려 흩어진다. 아무도 살지 않는 집. 뒤안 우물 속에 눈들이 나지막하게 부르는 소리가 들린다.

철제 계단이 있는 풍경

계단을 밟고 내려간다. 동굴 천장에서 떨어지는 물방울처럼 발자국 소리가 웅웅거리며 메아리치는 철제 계단을 딛고 한 발자국, 다시 한 발자국 어둠 속을 나아간다. 내려갈수록 계단은 한없이 깊어지고 어슴푸레한 추위가 내 몸을 감싼다. 어디선가 떨어진 한 방울 물이 이마에 닿아 미끄러져 내린다. 언제부터 내가 이 계단을 내려가기 시작했던가. 아주 먼 옛날 그 계단은 천국까지 뻗어 있다고 했다. 오르다보면 환한 빛에 묻혀 나도 계단도 사라진다고 했다. 너무 오래되어 금방이라도 무너질 것처럼 쇳소리를 내며 삐걱이던 계단. 그 계단을 오르며 나도 어디쯤에서 사라질 것인지 가늠해보곤 했다. 하지만 지금 나는 계단을 내려가고 있다. 마치 내 몸을 나선처럼 휘감고 도는 계단이 있어 내가 내 속으로 걸어내려가는 것처럼 언제부터인가 나는 한없이 내려가고 있다. 이상한 울림으로 가득찬 허공을 더듬으며 다시 또 한 발 내딛는다. 계단 저 아래 사나운 파도가 기다리고 있어 내 발을 물어뜯지나 않을지. 혹은 바닥없는 허공이 입 벌리고 있다가 나를 삼켜버리지나 않을지. 계단은 말이 없고 아득한 현기증에 잠시 휘청이기도 하면서 나는 내게 주어진 또 한 계단을 향해, 그 불확실한 가능성을 향해 발을 내딛는다. 한 걸음 내디딜 때마다 한 걸음 나에게 다가오는 계단을 향해.

천사가 불칼을 들어 그 땅을 치니

화산이 터졌다. 멀리 만년설에 뒤덮인 산봉우리에서 붉은 늑대들이 치솟아올라 산기슭을 타고 일제히 달려온다. 붉은 늑대들이 닥치는 대로 거리를 휩쓸고 지나간다. 불의 갈기를 흔들며 불의 아가리를 들이대며. 검은 재와 연기의 시간 속에서 늑대들이 홀연히 지나간다. 가로수가 쓰러지고 가판대가 뒤집어지고 담벼락이 무너져내린다. 부글부글 끓는 용암 속에서 날뛰는 붉은 늑대들. 아무것도 모르고 아우성치는 사람들의 발뒤꿈치를 돌연 물어뜯는 늑대들. 저 늑대에게 물리면 온몸이 마비되면서 천년 차디찬 돌의 잠을 자야 한다. 문을 걸어 잠그고 사람들은 늑대의 무리가 지나가기를 기다린다. 늑대가 앞발로 대문을 딛고 올라서서 짖어댄다. 집집마다 문설주에 핏자국보다 붉은 용암의 낙인을 찍으며 늑대들은 나아간다. 화산이 터졌다. 꽃과 나무들은 순식간에 녹아내리고 개와 고양이들은 달리는 모습 그대로 굳어버렸다. 늑대들이 지붕까지 첨탑까지 기어오르자 사람들은 식솔을 수레에 태우고 먼 고장으로 떠났다. 미처 떠나지 못한 사람들 우왕좌왕 우물에 몸을 던지거나 용암을 뒤집어쓴 채 거리 여기저기에 입상이 되어 섰다. 멀리 산정의 불기둥이 구름 기둥으로 바뀌는 동안 거리를 가득 채우고 넘실대던 늑대들 서서히 돌이 되어 굳어간다. 늑대들이 사납게 할퀴고 지나간 자리, 모래바람만이 쓸고 지나가는 텅 빈 거리 끝에서 눈먼 걸인 하나 딱따기를 치며 걸어오고 있다.

겨울 묵시록

빙하가 떠내려온다. 이 밤 웅성거리는 소리와 함께 먼바다에서 거대한 얼음덩어리가 떠내려오고 있다. 그 빙하는 우리가 몸을 누인 이 땅에 부딪쳐올 것이다. 순식간에 두 조각이 난 땅 위로 성난 바닷물과 얼음 가루가 쏟아져내릴 것이다. 교각이 무너지고 문짝이 휘어지고 유리창이 부서져나가면서 사방 여기저기 아우성 소리가 눈보라처럼 흩날릴 것이다. 뾰족한 뱃머리를 앞세운 채 세찬 파도를 데리고 서서히 다가오는 저 빙하의 군단. 시린 물살이 우리의 꿈을 파고들 때 빙하 속에 갇혀 지낸 짐승들이 일제히 튀어올라 아직 잠에서 깨어나지 못한 사람들을 물어뜯으리라. 곤두박질치는 수은주 날아다니는 빨래들 흐물거리며 떠다니는 시계들. 성난 물개들이 비틀거리며 뭍으로 기어오르리라. 투명한 얼음 속에 웅크리고 있던 북극곰이, 흥분한 바다표범이 달아나는 사람을 올라타고 상아를 치켜든 맘모스가 둔중한 몸으로 쿵쿵거리며 거리를 내달리리라. 빙하 속에 끓고 있던 시린 빛이 일제히 터져나와 어두운 밤하늘에 오로라를 펼치리라. 이 밤 빙하가 떠내려온다. 땅거죽을 뒤흔드는 굉음과 함께 멀리서 빙하 속에 갇혀 있던 선사의 꿈이 다가온다.

귀뚜라미 소년

옛날 옛적에 내 신발엔 귀뚜라미 한 쌍이 숨어살았네. 그해 가을에서 겨울 동안 내가 한 걸음 내디딜 때마다 귀뚤귀뚤 우는 귀뚜라미가 암놈 수놈 한 마리씩 내 신발 속 으슥한 곳에 숨어살았네. 내 오른쪽 신발에 사는 귀뚜라미가 귀뚤 하고 울면 내 왼쪽 신발에 사는 귀뚜라미가 귀뚤 하고 대답하고 내 왼쪽 신발에 사는 귀뚜라미가 귀뚜르르르 하고 싸움을 걸어오면 내 오른쪽 신발에 사는 귀뚜라미도 귀뚜르르르 하고 목청을 높였네. 귀뚜라미는 늘 나를 가을의 서걱이는 수풀로 데려다주고 눈이 내리면 신발장을 푸른 물레 돌리는 소리로 가득 채웠네. 귀뚜라미 신발을 신고 동네방네 쏘다니며 나도 귀뚤귀뚤 노래 부르며 다녔네. 신발을 벗어 탁탁 털어보아도 모래알 몇 점만 튕겨나올 뿐 귀뚜라미는 흔적도 없고 발에 신고 일어선 순간부터 알뜰살뜰 어울려 소리 내는 귀뚜라미와 더불어 나 뒷산과 천변을 뛰어다니며 귀뚤귀뚤 놀았네. 내가 귀뚜라미를 신고 다닌 건지 아니면 귀뚜라미가 나를 떠메고 다닌 건지 그해 가을에서 겨울 동안 내가 다닌 길목엔 유난히 둥근 달이 떠올라 사방을 환히 밝혀주었네. 우편배달부가 몰고 가는 자전거도 골목마다 귀뚜라미 소리를 흩뿌리며 가고 멀리 달려가는 야간열차도 귀뚤귀뚤 귀뚜르르르 소리를 내며 멀어져갔네. 그 다음해 이른봄 무심코 한쪽 신발에 발을 집어넣다 귀뚜라미를 밟고 말았네. 내 발가락 사이에서 꼼지락거리던 귀뚜라미는 울기를 그치고 맞은편 신발의 귀뚜라미도 차츰 소리를 잃더니 영영 자취를 감추고 말았네. 나는 그후 귀뚜라미 없는 구두를 신고 귀뚜라미 소리를 그리워하며 먼길을 다녀야 했네. 오늘도 귀뚤귀뚤 우는 귀뚜라미 소리를 들으며 나 거리를 걷네. 나를 따라오는 저 달 속에 얼마나 많은 귀뚜라미가 숨어사는지 달빛 닿는 자리마다 귀뚜라미 울음소리가 귀뚜르르 찰랑거리네.

겨울의 빛

그날 새벽 아버지가 내 머리맡 창문을 두드리는 소리에 잠에서 깼다. 벽에 등을 기댄 채 나는 조금 어리둥절한 기분으로 방금 아버지가 한 말의 의미를 되새기고 있었다. 해 뜨는 것을 보러 가자꾸나. 겨우 이부자리에서 빠져나와 방문 쪽으로 걸어가던 나는 문득 아직 바깥은 무척 추울 것이라는 생각이 들었다. 어둠 속에서 더듬더듬 양말을 신고 목도리를 두르고 외투를 걸친 뒤 단추를 하나하나 채워나갔다. 비척거리며 거실을 가로질러가는 동안에도 나는 혹시 내가 아직도 꿈에서 깨어나지 않은 것은 아닐까 생각해보기도 했다. 그러나 현관문을 열자마자 달려든 차가운 바람이 정신을 번쩍 들게 했다. 사방은 아직 캄캄했고 하늘엔 구름이 끼었는지 별도 보이지 않았다. 집을 등지고 서 있던 아버지가 묵묵히 걸음을 떼기 시작했다. 나도 호주머니에 손을 넣은 채 아버지를 따라서 걷기 시작했다. 아버지는 한 걸음 내디딜 때마다 구두 끝이 지면의 흙이나 돌멩이와 접촉하는 느낌을 음미라도 하는 것처럼 신중하게 발을 옮겼다. 산에 올라갈 건가요, 라고 내가 묻자 아버지는 고개를 저으며 아니다, 하고 짧게 대답할 뿐이었다. 대문을 향해 가던 아버지는 대문 옆 헛간에 들어가 기다란 사다리를 어깨에 메고 나왔다. 아버지와 나는 다시 마당을 따라서 집을 한 바퀴 빙 돌았다. 비좁은 뒤안에 도착한 후 아버지는 조금 서두르는 기색으로 사다리를 처마 여기저기에 기대 세워본 다음 사다리가 흔들리지 않는 지점을 확인했다. 그리고 다시 신중하게 한 걸음 한 걸음 삐걱거리는 소리를 내는 사다리를 딛고 올라가기 시작했다. 별로 높지도 않은 우리집 지붕이었지만 밑에서 올려다보는 내게 아버지가 서 있는 그곳은 까마득하게 멀어 보였다. 서둘러야겠다, 지붕 위 어둠 속에서 아버지가 나를 등지고 말했다. 나도 후들거리는 사다리 발판을 딛고 위로 올라갔다. 기와를 조심스럽게 골라 디디며 아버지와 나는 지붕 한가운데까지 나아갔다. 지붕 위는 더 추웠고 바람도 더 세게 부는 것 같았다. 아버지와 나는 나란히 지붕 모서리에 무릎을 세우고 앉았다. 우리집 마당과 옆집 그리고 그 옆집 지붕이 희미하게 눈에 들어왔고 멀리 웅크리고 있는 산의 윤곽이 보였다. 사방은 고요했고 바람도 잦아들었는지 살갗에 닿는 공기가 한결 부드러워졌다. 아무 말 없이 앞만 바라보고 있던 아버지가 문득 입을 열었다. 해가 뜨는구나. 과연 맞은편 산의 능선 위로 붉은 광채가 조금씩 번져나오고 있었다. 나는 감탄사가 새어나오려 하는 입을 다물고 붉은 햇덩이가 서서히 아주 서서히 산 위로 떠오르는 모습을 지켜보았다. 어느 집에선가 닭이 울었고 다시 어느 집에선가 개가 짖어댔다. 처마를 맞대고 있는 오래된 집들과 좁은 골목과 전신주와 얼어붙은 개울과 추수가 끝난 텅 빈 논바닥이 떠오르듯 눈앞에 펼쳐졌다. 이제 완연히 모습을 드러낸 산에는 아직 녹지 않은 눈을 이고 있는 나무들이 하늘을 향해 가지를 치켜들고 있었다. 아버지와 나는 아무 말 없이 해가 세상을 환히 비추며 허공으로 솟아오르는 모습을 지켜보았다. 새 한 마리가 산 위로 날아오르더니 둥근 해 속으로 녹아들어갔다. 그날 새벽 지붕 위에서 아버지와 나는 말없이 앉아 있었다.

한밤의 마술

어두운 밤 개 짖는 소리마저 끊긴 고요한 거리 모두들 잠들어 평안한 시간 시계탑의 시계도 시간의 흐름을 잊고 잠시 분침과 시침이 순환운동을 멈출 때 누군가 짝짝짝 박수를 친다. 텅 빈 거리를 가로질러 박수 소리가 울려퍼지는 순간 마술처럼 거리를 향해 난 유리창이 일제히 열리고 둥실 연이 떠오른다. 가오리연 방패연 반달연 돌고래연 박쥐연 치마연 까치연 나비연 어두운 창을 빠져나온 색색의 연들이 밤하늘을 향해 떠오른다. 모두들 잠든 깊은 밤 지붕 위로 옥상 위로 불 꺼진 광고탑 위로 떠오른 연들이 허공을 헤엄치며 느릿느릿 구름 너머로 올라간다. 물레에서 풀려나온 실처럼 굽이굽이 집집의 유리창마다 하나씩 떠오른 연들이 어둠 속을 배회하며 지상의 꿈을 천상으로 실어나른다. 한들한들 나부끼며 서로 엇갈리기도 하면서 이 깊은 밤 누가 얼레를 돌려 저들을 멀리 띄워 보내는지 숱한 연들이 허공에서 한 번씩 일렁일 적마다 집집이 잠든 이들의 이마에 색색의 연 그늘이 드리워진다. 고요한 거리 꿈의 탯줄을 타고 하늘로 떠오른 연들, 더이상 나아가지 못할 높이에서 지상을 굽어보기도 하고 툭 명주실이 끊어져 까마득한 어둠 속으로 멀리 사라져버리기도 한다. 어두운 밤의 저편 짝짝짝 다시 박수 소리가 울려퍼지면 연들은 오므라드는 연꽃송이마냥 저마다의 유리창을 향해 숨어들고 시계탑의 시침과 분침은 다시 자전운동을 시작한다. 서서히 밝아오는 새벽 집들 상점들 나란히 늘어선 비좁은 골목길에 찢겨진 연 서너 개가 나뒹굴고 있다.

모래의 시간

잠자리에 누우면 멀리서 모래가 흘러온다. 지평선 너머 수많은 모래들이 밀려와 내 집을 휩싸고 돈다. 단단한 밤의 정적을 뚫고 나뭇잎 수런거리는 소리와 함께 몰려드는 모래 거미들. 벽시계가 새벽을 향해 초침을 겨누는 동안 서서히 낡아가는 집이 모래에 파묻힌다. 처음엔 마당 주변을 맴돌다가 현관을 넘어 거실로 욕실로 침실로 스며들어온다. 내가 잠 속으로 빠져들수록 모래는 점점 두텁게 쌓여오고 정원의 나무들 우수수 모래 터는 소리를 내며 바람에 흔들린다. 사방에서 쓸려 오고 흘러내리며 모래는 내 몸을 덮고 내 눈과 입과 귀와 코를 채운다. 내 살갗을 타고 기어오른 모래 거미들이 내 목덜미에 달라붙어 피를 빨아대는 동안 한없이 깊고 어두운 밤의 한가운데 신기루처럼 어른거리는 몇 개의 잡히지 않는 꿈들. 머리 위로 차오르는 모래에 숨막힌 나는 두 손을 허우적거리며 부서져내리는 모래의 벽을 붙잡으려 하지만 모래 거미는 어느덧 내 몸속으로 밀려들어와 있다. 천천히 늙어가는 내 몸속의 모래들 모래 거미들. 나는 이토록 많은 모래로 어떤 꿈의 형상을 빚어내야 하는가. 창밖에는 어두운 바람이 불고 내가 파묻힌 아득한 모래벌판 위로 거인의 발자국 같은 시계 초침 소리가 찍힌다. 내 몸 위로 겹겹이 쌓인 모래를 헤치며 나는 한사코 잠의 바깥으로 기어올라간다. 자꾸 허물어지는 모래에 몸을 의지하며 지면 위로 고개를 내미는 순간, 사방 가득 펼쳐진 사막의 새벽, 내 이마의 삼각주 위로 떠오르는 초승달.

천 일 밤의 여행

구름의 수레가 밀려든다. 저 하늘 위에서 누군가 채찍을 내리쳐 부지런히 구름떼를 몰아가고 있다. 수레바퀴가 구르며 하늘에 깔린 얇은 살얼음판을 가르고 지나간다. 히말라야시다 뾰족한 꼭대기에 구름이 엉겨서 긴 밧줄을 드리운다. 내 죽음을 문상하러 온 구름들, 여기저기 흩어져 방안으로 밀려올 기회를 엿보고 있다. 벽시계가 마악 열두시를 가리키고 녹아내린 살얼음이 눈가루로 흩날리다가 빗방울로 떨어져내린다. 내 집 지붕 위 빽빽이 들어찬 구름들이 서둘러 이동한다. 수레바퀴들이 삐걱이며 서로 부딪칠 때마다 유리창이 흔들린다. 구름의 수레가 흩어지며 사방에 자욱이 비를 뿌린다. 히말라야시다 뾰족한 잎들이 우수수 쏟아져내리며 어두운 구덩이에 처박힌 내 몸을 덮는다. 먼길 가다 잠시 들러 내 죽음을 문상하는 이들이 내게 꽃을 던진다. 짙은 솔향기 꽃향기 속에서 나는 숨이 막혀 한사코 눈을 부릅뜨고 멀리 흘러가는 구름을 향해 손을 뻗는다. 구름이 에워싼 해안에 몇 척의 배가 마악 닻을 올리고 있다. 수의에 감싸인 내가 물살에 떠밀려 눈부시게 빛나는 바다로 나아간다. 채찍 소리 거듭 지붕을 두드리고 침대에 드러누운 채 나는 마지막 열둘을 헤아린다. 유리창 저편 말갛게 툭 터진 하늘에 핏방울보다 선명한 내 눈동자가 맺혀 있다.

우리가 사는 동안
—대화 1

자정. 아들이 아버지에게 물었다. 아버지, 아버진 죽었는데 왜 아직도 살아서 바스락거리고 있는 거예요. 아버지가 대답했다. 아들아, 나는 죽어가고 있을 뿐 아직 죽은 것은 아니란다. 살아 있는 한 나는 계속 바스락거리고 있을 수밖에 없구나. 아들이 다시 물었다. 아버지, 그렇게 바스락거리는 한 아버진 영원히 죽지 못할 거예요. 죽기 위해서라도 그 바스락거림을 그만두어야 해요. 아버지가 다시 대답했다. 이 바스락거림은 내가 죽어간다는 가장 확실한 징표란다. 이렇게 바스락거리다보면 언젠가 나는 완전히 죽게 될 거다. 아들이 목소리를 높였다. 아버진 이미 죽었다니까요. 그런데도 계속해서 바스락거리는 것은 죽은 자신에 대한 모독이에요. 아버지가 시무룩한 어조로 말했다. 글쎄 나도 이러고 싶어서 이러는 건 아니란다. 이렇게 바스락거려지니 나도 어쩔 수가 없구나. 아들이 소리쳤다. 바스락바스락 당장 그 바스락거리는 것을 그만두세요. 아직도 살아 있다니 창피하지도 않으세요. 그 바스락거리는 것 지켜보다가 내가 죽을 지경이에요. 아버지가 힘없이 웃으며 대답했다. 아니 그럼 너는 네가 아직 살아 있다고 믿고 있는 게냐. 너 또한 기껏 바스락거리고 있을 뿐이지 않으냐.

봄빛

창밖에 핀 목련꽃 바라보고 있으면 흰머리 인 늙은 여인이 휘적이며 걸어나온다. 아내도 아이도 다 사라진 적막한 봄날 오후. 볕 잘 드는 창가에 앉아 죽음처럼 찾아드는 졸음 앞에서 나도 모르게 고개를 끄덕이다 문득 정신을 차리면 내 눈에 가득 들어차는 목련나무, 그 앞에 여인은 서 있다. 허공에 시선을 둔 채 여인은 목련나무 둘레를 돌며 낯선 말들을 밑도 끝도 없이 중얼거린다. 흰 치마저고리에 살랑거리며 와 부딪는 봄빛. 여인의 손가락이 허공을 휘저을 때마다 툭툭 피어나는 목련꽃 봉오리들. 신방(新房)을 준비하듯 여인은 목련나무 앞에서 한 상(床) 잘 차린 봄날의 점심을 내놓는다. 세상은 봄볕 녹아내리는 꽃단지 속에서 나른한 잠에 빠져 있고 나는 아득히 들려오는 이명(耳鳴)에 귀 기울인다. 새 그림자도 지나지 않는 한낮의 정적 속에서 흰머리 인 늙은 여인 혼자만이 목련나무 둘레를 돌며 마당 가득 환한 물살을 일으키고 있다.

저녁식사

밥을 먹는다. 늦은 저녁 홀로 식탁에 앉아 밥을 먹는다. 씹으면 씹을수록 밥은 모래가 되어간다. 한입 가득 밥을 물고 창밖을 내다보면 어느새 몰려와 있는 짙은 안개. 입속에서 버석거리며 무너져내리는 모래알들. 입을 메우고 목구멍을 넘어 뱃속으로 내려간다. 모래를 먹으면 몸이 무거워지고 모래를 삼키면 눈이 침침해진다. 달그락거리는 숟가락에 가득 담긴 한 움큼의 모래. 광활한 식탁 위 접시와 그릇에 수북이 쌓여 입이 벌어지기만을 기다리고 있는 모래알들. 모래를 퍼올리며 이제 더이상 이렇게 살 수는 없어 생각한다. 모래를 쏟아넣으며 그래도 별수없잖아 고쳐 생각한다. 모래는 묵묵히 입속의 구덩이에 내려 쌓이고 있다. 모래가 되어 입가로 흘러내리는 밥알들. 모래를 떠넣다 말고 잠시 창을 내다보면 안개는 이미 거실에도 식당에도 가득차 있다. 늦은 저녁 홀로 밥을 먹는다. 짙은 안개 부윰한 등불 아래서 밥을 먹는다. 밥을 먹으며 서서히 모래 무덤이 되어간다.

무명초
—대화 2

아이가 물었다. 왜 어제저녁 서녘에서 불어온 바람은 그냥 가버리지 않고 멈칫거리면서 제 소매 깃을 끌어당긴 걸까요. 노승이 대답했다. 슬프구나, 네 에미가 죽은 모양이다. 아이가 물었다. 왜 오늘 아침 동쪽에서 떠오른 해는 닭 우는 소리에 그토록 황급히 산능선을 타고 달아나버린 걸까요. 노승이 대답했다. 어이없도다, 네 헛소리에 끝이 없으니 학이 알을 깨고 나오다 졸린 눈을 치켜뜬 청거북이와 마주칠 것이다. 다시 아이가 물었다. 왜 지금 남쪽에서 오고 있는 손님은 자욱한 매화 향기 속에 길을 잃고 저 산 아래서 헤매고 있는 걸까요. 다시 노승이 대답했다. 아쉽도다, 네 귀는 천 리 밖 풀잎 흔들리는 소리를 듣는데 네 눈은 지척의 바위가 돌아눕는 모습은 놓치고 마는구나. 아이가 잠시 생각하더니 물었다. 지난밤 골짜기에 쉬고 있던 새들이 일제히 북을 향해 울어댔습니다. 날이 밝았으니 그 새들은 어느 쪽에 머리를 두고 날아야 합니까. 노승이 바로 대답했다. 기쁘구나, 내가 곧 거추장스러운 이 육신을 벗어나겠으니 너는 찬물 한 그릇 떠오거라. 아이가 울먹이며 말했다. 햇살이 이리 환하고 바람도 잔잔한데 왜 저보고 하산하란 말씀입니까. 노승이 눈을 감은 채 나직이 말했다. 나는 귀가 먹어 아무 소리도 듣지 못한다. 너도 입다물고 흘러가는 구름이나 보아라.

거울을 들여다보다

거울 속에서 전쟁이 시작되었나보다. 아니 어쩌면 사냥일지도 모른다. 소년은 불을 끄고 잠자리에 누워 금방이라도 자신에게 달려들 것 같은 무성한 소리를 듣는다. 깊은 밤 거울 저 깊은 곳에서 뿔피리 소리가 들리고 사냥개 짖는 소리 말발굽 소리와 함께 자욱한 먼지가 피어오른다. 이제 곧 창과 칼이 번득이고 누군가 죽어가는 외마디 비명을 지를 것이다. 언제부턴가 소년은 잠자리에 누워 머리맡 옷장에 달린 커다란 거울 속에서 일어나는 온갖 소리를 듣는다. 때로 전쟁이나 사냥 같은 죽고 죽이는 참극이 벌어지고 또 때로는 축제나 연회가 벌어져 사람들이 먹고 마시며 웃고 떠드는 소리가 거울을 넘어 누워 있는 소년의 몸 위로 쏠려 오기도 한다. 혁명이 일어났는지 함성과 더불어 시위대가 행진하며 노래 부르는 소리가 들려올 때도 있다. 매일 아침 거울은 아무런 일도 일어나지 않았다는 듯 매끄러운 표면에 방안 풍경을 담아 보여줄 뿐이지만 소년은 안다. 거울 속엔 무수한 존재들이 살고 있어 어느 순간 거울을 넘어 이쪽 세계로 침입해 들어올 기회만 노리고 있다는 것을. 그들이 휩쓸고 지나가면 거울은 텅 비고 세상은 거울에 갇혀 거울 저편을 반사하게 될 것이다. 불안과 호기심에 사로잡힌 소년은 조금 몸을 일으켜 어둠 속 거울을 향해 다가간다. 다가갈수록 거울에서 끓어오르는 소리는 금방이라도 방안으로 쏟아져나올 듯이 커져간다. 거울 속 머나먼 평원을 달려온 말들이 거울을 부수고 거울 바깥으로 뛰쳐나올 것처럼 맹렬하게 거울 표면을 두드리고 있다. 소년의 이마가 차가운 거울에 닿으려 하는 순간 소년은 흠칫 놀라며 물러선다. 거울 저 깊은 곳에서 날아온 화살 하나가 마악 그의 눈가를 스치고 사라졌기 때문이다. 온몸의 피가 싸늘하게 식어가는 것을 느끼며 소년이 황급히 벽의 스위치를 올리자 거울 속 소란스런 움직임은 순식간에 멈춘다. 거울 표면엔 멍하니 눈을 크게 뜬 채 거울 바깥으로 마악 나오려 하는 소년의 모습만이 얼어붙어 있다.

회오리바람 속에서
—대화 3

형, 자?/아니, 왜?/그냥. 잠이 안 와서. 근데 저 소리는 뭐지?/바람에 뒷문이 덜컹거리는 소리야./바람은 안 자고 뭐 하나?/그냥 헤매는 거지. 헤매다 걸리는 게 있으면 한번 흔들어보는 거지./한번 흔들리고 나면 아무 소용 없어. 돌이킬 수 없이 변해버리는 거야./그래도 오래 버티잖니. 이 집도 그렇게 쉽게 무너지진 않아./아냐, 매일 저 바람에 주변의 집들이 하나둘씩 사라져가고 있잖아. 어쩌면 오늘밤은 우리 집 차례인지도 몰라./바람 속에 떠오르면 하늘의 별이 더 가까워 보이겠지./창문으로 구름이 흘러들어올지도 몰라. 양떼구름 새털구름 가문비나무구름/그러다 바람이 우리집을 저 아래 땅바닥에 사정없이 내던지면 벽도 천장도 다 으깨져버릴 거야./그럼 우린 엉금엉금 기어나와 엄마 아빠를 찾아 헤매겠지./어쩜 그곳은 사막일지도 몰라. 아니면 북극의 얼음덩어리 위일지도./펭귄들 틈에서 뒤뚱거리며 사는 것도 괜찮을 거야. 하지만 사막이라면?/사막이라면, 음, 목이 마를 거야. 모래 때문에 눈이 따가울 거고./무척 덥겠지?/그래, 무척 더울 거야./……………/추워, 형, 추워서 잠이 안 와./그래, 알아. 그래도 자려고 해봐./저 바람 소리, 문짝 덜컹거리는 소리./잠시 기다려. 이제 곧 바람이 우리집을 하늘 높이 떠올려줄 거야.

철거

남자는 여자를 껴안았고 여자는 남자를 껴안았다. 남자는 여자 속으로 들어가려고 기를 썼고 여자는 남자를 받아들이려고 애를 썼다. 남자와 여자의 혀가 뒤엉켰고 남자와 여자의 두 팔이 서로 엇갈렸다. 아무리 해도 남자는 여자 속으로 들어갈 수 없었고 여자는 남자와 하나가 되지 못했다. 해가 지고 달이 뜨고 다시 해가 지고 달이 떴다. 두 사람의 몸에서 흘러내린 땀이 시내를 이루다가 강물이 되어 멀리 흘러나갔다. 이럴 수는 없어, 이럴 수는, 남자가 중얼거렸고, 조금만 더, 조금만 더 하면 돼요, 여자가 대답했다. 서서히 두 사람의 몸에 금이 가기 시작했다. 맞붙은 두 입술 사이로 녹물이 흘러나왔다. 뒤엉킨 팔과 다리의 살갗을 뚫고 돌가루가 부스러져내리고 그 사이로 녹슨 철근이 튀어나왔다. 한번씩 몸을 뒤챌 때마다 머리카락이 전선처럼 뽑혀나가고 손톱과 발톱이 타일처럼 떨어져나갔다. 얼마나 오랫동안 우리는 이러고 있었던 거지, 남자가 물었고 한 번 운 새가 다시 한번 울려고 부리를 벌리는 순간만큼, 여자가 대답했다. 남자가 거칠게 자기 몸을 여자 속으로 밀어넣었고 여자가 비명을 지르며 남자의 등을 할퀴었다. 지진이 난 듯 두 사람의 몸이 거세게 흔들리고 남자와 여자는 마침내 서로의 몸 속으로 무너져 들어갔다. 버섯구름처럼 피어오른 먼지가 가라앉자 황폐한 땅 위로 두 사람의 몸에서 떨어져나온 부서진 벽돌 조각과 휘어진 철근과 나무토막이 수북이 쌓여갔다. 여긴 너무 어두워, 무너진 잔해 속에서 남자가 속삭였다. 하지만 우린 드디어 하나가 됐잖아요, 무덤이 된 한몸 속에서 여자가 대답했다. 두 사람은 잠시 침묵한 채 귀를 기울였다. 그들의 긴 휴식을 축복해주는 듯 세상은 고요했다. 깜박이던 의식이 꺼져가는 순간 그들은 마지막으로 그들의 맞닿은 몸 깊은 곳에 숨어든 귀뚜라미가 내는 가느다란 울음소리를 들었다.

가까이 그리고 멀리서

그날 아침 눈을 뜬 순간 그는 전세가 완전히 뒤바뀌었다는 것을 깨달았다. 주위의 모든 사물들이 그를 노려보고 있었던 것이다. 평소 그의 시선을 다소곳이 견뎌내며 아무런 내색도 하지 않던 사물들이 그의 눈길을 거부하는 수준을 넘어 오히려 적극적으로 그를 주시하고 있었다. 그를 응시하는 사물들의 눈빛은 뻔뻔스럽고 집요하기 이를 데 없었으며 도발적이기까지 했다. 그 시선엔 그동안 마지못해 숨죽이며 인고의 세월을 살아왔지만 이제 더이상 봐줄 수 없다는 단호한 결의가 담겨 있는 듯했다. 사물들은 그의 눈이 곧 과녁이라도 되는 양 쏘아보고 있었고 그의 몸을 관통해 그의 영혼까지 파고들겠다는 식으로 그를 꿰뚫어보고 있었다. 사방에서 몰아닥치는 갑작스러운 사물들의 눈길 앞에서 그는 처음엔 당혹했고 그다음엔 두려움을 느꼈다. 함부로 구겨진 이불이, 머리카락이 몇 점 묻어 있는 베개가, 탁상 위의 스탠드가, 그 옆에 풀어놓은 손목시계가, 그 옆의 액자와 달력이, 천장의 형광등이, 옷걸이에 비스듬히 걸린 양복이, 저만치 바닥에 굴러다니고 있는 슬리퍼가, 하나같이 그를 노려보고 있었다. 망연히 침대에서 반쯤 몸을 일으킨 상태로 무수한 시선의 내습을 받은 그의 몸은 그 자세 그대로 굳어버렸다. 등뒤로 식은땀이 돋아났고 귓속은 이명으로 가득찼다. 간신히 그가 이불의 저항을 물리치고 침대를 빠져나오자 천장이, 사면의 벽이, 그리고 바닥이 시선으로 그를 옥죄어 들어왔다. 그는 숨을 쉬기 곤란할 정도의 답답함과 온몸이 발가벗겨지는 듯한 수치심을 동시에 느꼈다. 저만치 거실로 통하는 문이 보였지만 문의 둥근 손잡이가 비웃음 가득한 눈길로 자신을 쏘아보고 있는 것을 보게 되자 발걸음이 떨어지지 않았다. 아니 그 문을 열고 나가는 순간 거실의 모든 사물들이 먹잇감을 발견한 듯 일제히 자신을 향해 굶주린 시선을 들이댈 것을 생각하니 머리카락이 주뼛솟는 기분이었다. 전면의 옷장에 달린 전신거울도 그의 모습을 비춰주기는커녕 노골적으로 그를 주시하고 있었고 벽에 걸린 사막 풍경을 찍은 사진도 모래알 한 알 한 알이 눈동자가 되어 금방이라도 튀어나올 것처럼 그의 일거수일투족을 감시하고 있었다. 고개를 돌린 그의 눈에 유리창이 들어왔다. 저 창문을 열고 몸을 던지면 어쩌면 그는 자유를 찾을 수 있을지 모른다는 생각이 들었다. 그러나 유리창은 그딴 시도는 절대 허락해주지 않겠다는 듯 거만한 눈길로 그를 밀어내고 있었다. 오도 가도 못하고 방 한가운데 서서 그는 사방에서 쏟아지는 시선을 어찌할 바를 모르고 견뎌내고 있었다. 사물들의 시선은 정확히 그의 눈을 조준하고 있었다. 그는 사물들을 보고 있는 것이 아니라 사물들에 의해 보여지고 있었으며 그가 그 시선들로부터 벗어나는 것은 오직 눈을 감고 있는 순간뿐이었다. 그래서 그는 눈을 감고 더듬더듬 문을 향해 걸어가기 시작했다. 평소 몇 발자국이면 충분한 거리를 그는 한참 동안 걸었다. 앞으로 내민 손끝에 드디어 차가운 금속이 닿았다. 문의 손잡이일 것이라고 생각하고 잡아당기는 순간 어떤 부드러운 것이 그를 감쌌다. 눈을 떠도 아무것도 보이지 않고 오직 흰빛 눈부신 흰빛뿐이었다. 그는 반사적으로 두 팔을 치켜들고 두 눈을 가렸지만 흰빛은 아무리 그가 눈을 내리감아도 사정없이 그의 눈꺼풀을 찌르고 들어왔다. 온통 흰빛으로 가득한 세상이 하얗게 그의 몸을 불태우고 있었다. 천천히 그의 몸이 흰빛 속으로 녹아들어가기 시작했다. 그는 자신이 지금 막 사물의 거대한 눈동자 속으로 들어섰음을 깨달았다.

3부

깊은 밤 침입자가 창을 넘어 들어왔다

새를 부르다

그 시절 밤이면 열린 창틈으로 새가 날아와 잠자리에 누운 내 머리 위를 천천히 선회하고 갔네. 펼쳐진 새의 날개 아래 깊은 어둠 속에서 나 아주 먼 세상을 다녀오곤 했네. 그로부터 오랜 세월이 지난 어느 날, 아침 산책길에서 새의 깃털 하나를 주웠네. 지난밤의 어둠에서 막 뽑혀나온 듯 검은빛으로 반짝이는 작은 깃털. 산들바람이 불자 깃털은 내 손을 빠져나가 손짓하듯 먼 하늘 저편으로 사라져갔네. 그날 밤 새는 다시 나를 찾아왔네. 부리 끝에 깃털 하나 물고서 내 머리 위를 맴돌던 새는 창가에 앉아 잠시 나를 바라보다가 날개를 펴고 훌쩍 날아가버렸네. 그뒤로 아무리 뒤척여도 잠들지 못하는 나날들이 계속되었네. 베개에 얼굴을 묻고 숨 몰아쉬다 귀기울이면 밤의 어둠을 가르고 날아가는 새의 날갯짓 소리가 들리네. 산맥을 넘고 바다를 건너 끝없이 어디론가 끝없이 날아가는 새. 이 밤 눈을 감고 새야, 하고 내가 낮은 목소리로 부르면 하늘하늘 허공에서 내려와 내 이마를 스치고 지나가는 깃털이 느껴지네.

기적 소리

젊은 시절 내가 사랑했던 여자는 자신에겐 이상한 버릇이라고 해야 할지 신기한 능력이라고 해야 할지 하는 게 한 가지 있다고 말했다. 깊은 밤 혼자 있을 때 기적 소리가 들리면 몸이 사라져버린다는 것이다. 중학교를 졸업할 때까지 인적 드문 산골에서 살았던 그녀는 늘 고인 물처럼 답답한 집에서 벗어나 어디론가 멀리 떠나는 것을 꿈꾸었다. 그 꿈이 가장 절박해지는 때가 식구들이 다 잠든 깊은 밤 혼자 깨어 산 아래 마을을 지나는 기차의 기적 소리를 듣는 순간이었다. 온몸으로 그 소리에 귀기울이던 그녀는 어느 순간 자신의 몸이 보이지 않는다는 것을 깨달았다. 기적 소리가 다가왔다 멀어져가는 그 시간 동안 그녀의 몸은 기적 소리에 완전히 빨려들어간 듯 사라져버렸고 세상은 오직 기적 소리로만 가득찼다. 긴 여운을 남기고 기적 소리가 완전히 들리지 않게 된 다음 그녀는 다시 보이게 된 자신의 두 팔과 다리를 새삼스레 쓰다듬어보곤 했다는 것이다. 물론 그 신비한 현상에 대해 아는 사람은 그녀 외엔 아무도 없었다. 그것은 오직 깊은 밤 그녀 혼자 있을 때에만 일어나는 일이었기 때문이다. 기적 소리와 함께 떠나고 싶었지만 그럴 수 없었던 그녀는 기적 소리 속으로 떠나곤 하는 일을 지금까지 반복해오고 있다고 말했다. 젊은 시절 그녀에게서 그 말을 들었을 때에는 웃고 넘어갔지만 그녀와 헤어지고 오랜 세월이 흐른 뒤 그녀가 병으로 죽었다는 소식을 들었을 때 제일 먼저 떠오른 것은 바로 그 이야기였다. 이제야 그녀는 정말 기적 소리와 함께 어디론가 멀리 떠난 것이 아닐까. 그다음부터 깊은 밤 잠 못 이루고 뒤척이게 되면 자연스럽게 예정이라도 된 것처럼 이런 장면이 떠오르곤 했다. 어두운 밤 산골의 초가집 툇마루에 한 소녀가 오도카니 앉아 있다. 두 팔로 싸안은 무릎에 고개를 묻은 채 소녀는 뭔가 골똘히 생각에 잠겨 있는 표정으로 자신의 발끝을 바라보고 있다. 이윽고 멀리서 기적 소리가 들려온다. 기적 소리가 가까워올수록 그녀의 몸이 점차 희미해지더니 기적 소리가 최고조에 이르자 완전히 투명해져 보이지 않는다. 아무도 없는 텅 빈 툇마루, 거기엔 기적 소리만이, 시작도 끝도 없이, 일렁이고 있을 따름이다. 그러다 기적 소리가 점점 멀어져가자 그녀의 몸도 다시 서서히, 아주 서서히, 대기 속으로 스며들었다 풀려나온 것처럼 나타나기 시작한다. 기적 소리는 돌연히 찾아왔다 떠나가고 그녀는 그사이 아무런 변화도 없었던 것처럼 여전히 자신의 발끝만 응시하고 있다. 어두운 밤 산골의 초가집 툇마루에 앉아 있던 그녀가 천천히 고개를 돌리고 마치 거기 있는 나를 발견한 것처럼 문득 미소 짓는다. 그것은, 이 세상에선 볼 수 없는, 참으로 쓸쓸하고 아득한 미소다.

봄밤의 독서

책을 펼치면 나비떼가 날아오른다. 책갈피 속에 숨어 있다 이제 막 날개를 편 작은 나비들이 파닥거리며 허공으로 솟아오른다. 꽃향기를 따라 번져가는 글자들, 하나하나 나비 되어 창밖으로 날아가고, 나비떼를 쫓아 꽃잎 흩날리는 길을 따라가다보면 페이지는 순식간에 텅 빈다. 더듬어보면 손가락 끝에 꽃가루가 묻어날 뿐, 내 눈길이 닿는 허공 저편에서 바람을 일으키며 떠도는 글자들. 책을 덮자 어둠이 밀려온 창밖에서 우수수 나비들이 우주 바깥으로 쓸려나가는 소리가 들린다.

최후의 인간
—죽은 자들의 도시에서

사람들은 그곳을 죽은 자들의 도시라고 불렀다. 한때 제국의 수도요 무역항으로서 번성함을 자랑했던 그 도시는 몇 번의 전란과 전염병을 거친 후 아무도 살지 않는 폐허가 되어버렸다. 도시를 이루고 있던 나무와 금속은 불에 타거나 뜯겨나가고 오직 돌만이 남아 침묵 속에 그 묵중함을 과시하고 있었다. 사람들이 자취를 감춘 그 도시에 하루에 두 번씩, 그러니까 오전에 한 번 오후에 한 번 관광객을 실은 버스가 먼지를 일으키며 찾아와 사람들을 토해내곤 했다. 관광객들은 웃고 떠들며 한때는 무수한 사람들이 오간 시장거리와 신전과 원형극장과 공중목욕탕과 매음굴 같은 도시의 유적을 둘러보았다. 햇살에 달구어진 돌들이 내뿜는 열기가 죽은 자들의 도시를 가득 채우고 있었다. 사람들은 연신 이마를 타고 흘러내리는 땀을 훔쳐내며 도시 곳곳의 풍경을 카메라에 담기 바빴다. 비바람에 마모되고 햇살에 두들겨맞으며 도시는 오랜 세월을 두고 서서히 삭아가고 있었다. 그 옛날 붐비는 시장 복판에서 도시의 멸망을 경고했던 예언자의 목쉰 소리가 아직도 대기 속에 희미하게 떠돌아다니고 있었지만 관광객들은 시시한 농담을 주고받으며 확성기를 목에 건 가이드를 뒤쫓기에 바빴다. 지하 수로와 무너진 성벽을 마저 구경한 다음 비탈길을 따라 걸어내려가면 멀리 죽은 새들의 바다가 보였다. 몇 년 전 그 도시의 근해에서 유조선이 침몰한 후 도시와 인접한 그 해변이 새롭게 관광 대상으로 추가되었다. 시커먼 기름이 온 바다를 뒤

덮으며 해변을 먹어들어간 사고가 발생한 다음부터 봄 여름 가을 겨울 계절을 가리지 않고 새들이 투신하듯 바다에 빠져 죽었다. 번들거리는 기름을 뒤집어쓴 새들이 파도에 밀려왔다가 밀려가곤 했다. 기름띠가 제거되고 상당한 시일이 흐른 이즈음에도 바다에 몸을 던지는 새들은 줄어들지 않았다. 처음엔 인근의 어부나 병사들을 동원해 이른 아침 새의 사체를 건져내는 작업을 시도했지만 그마저 여의치 않자 당국은 그곳을 새로운 관광상품으로 개발하는 결정을 내렸다. 이제 그 바다는 새들의 사체가 둥둥 떠다니다못해 빽빽이 우거진 형상을 하게 되었고 죽은 새들의 깃털 사이로 간혹 죽은 개나 고양이 심지어 인간의 태아까지도 함께 떠서 파도에 흔들리는 광경을 만들어냈다. 해변 가득 발효하듯 퍼져나가는 새들의 사체 썩는 냄새를 맡으며 관광객들은 경탄과 더불어 다시 부지런히 카메라의 셔터를 누르는 데 바빴다. 수평선까지 드넓게 펼쳐진 새들의 묘지 위로 햇살이 따갑게 내리쬐고 있었고 관광객의 발치에까지 밀려온 죽은 새들의 사체는 지저분한 거품만 남긴 채 파도에 쓸려 멀어져가곤 했다. 이윽고 관광객들이 다 떠나고 소란스러움이 가시고 나면 죽은 새들의 바다도 서서히 어둠에 잠겨들었다. 간혹 새로 바다에 투신하는 새가 내뱉는 단음절의 울음소리만 짧게 울려퍼지다 말 뿐 사방은 고요했다. 깊은 밤 사람들이 사라진 죽은 자들의 도시에, 바다에서 불어온, 새들의 사체 썩는 냄새를 품은 바람만이 배회하고 있다.

잠이 들면 나는 다시 그 도시의 광장 복판에 서 있다. 돌의 유적 저 위로 차가운 빛을 뿌리는 조각달이 떠 있다. 이 밤 나는 홀로 누군가를 기다리고 있지만 그가 영원히 오지 않으리라는 것을 안다.

개와 늑대 사이의 시간

날은 빠르게 저물었다. 그는 하루종일 격무에 시달린 몸을 이끌고 붐비는 지하철에서 내려 집을 향해 터덜터덜 걸어가고 있었다. 오르막길이어서 그는 조금 헐떡거렸다. 옆구리에 끼고 가던 서류봉투가 떨어져 몸을 굽히고 주워 드는 순간 그는 저 앞에서 무슨 짐승 같은 게 어른거리고 있는 것을 보았다. 개 같기도 하고 늑대 같기도 한 짐승이 골목 어귀에 가만히 서 있었다. 개일까, 아니면 늑대일까. 서류봉투를 든 채 그는 빠르게 머리를 회전시키려 했지만 하루종일 업무에 시달린 그의 두뇌는 잘 돌아가주질 않았다. 며칠 전 동물원에서 야생동물 몇 마리가 탈출했다는 풍문을 들은 것 같기도 했다. 개라면 그냥 지나치면 되지만 늑대라면…… 늑대라면…… 그는 서류봉투를 다시 옆구리에 낀 채 그 어둑한 형체를 노려보았다. 날은 빠르게 저물었고 사위는 짙어오는 어둠에 잠겨들고 있었다. 개 같기도 하고 늑대 같기도 한 그 짐승은 가만히 서서 이쪽을 바라보고 있었다. 그가 숨을 크게 들이쉰 다음 한 걸음 내디뎌도, 다시 한 걸음 내디뎌도, 마치 그가 다가오기를 기다리고 있는 듯 꿈쩍하지 않고 있었다. 발을 질질 끌듯이 해서 그가 마침내 개 같기도 하고 늑대 같기도 한 그 짐승이 있던 자리에 도착한 것은 날이 완전히 저물어서였다. 오직 캄캄한 어둠이 도사리고 있을 뿐 거기엔 개도 늑대도 보이지 않았다. 한동안 우두커니 그 자리에 서 있던 그는 고개를 젖히고 어두운 허공을 향해 개 같기도 하고 늑대 같기도 한 울음을 길게 내질렀다.

불타는 책의 연대기

새로운 전염병이 돌고 있다. 책을 불태우는 병. 책이 눈에 띄기만 하면 불에 태우지 않고는 못 배기는 병. 처음엔 한 사람 두 사람 야밤에 자기 서재에 꽂힌 책을 베란다나 마당에 나가 태우는 증세를 드러냈다. 이어서 대낮에도 책을 태우는 사람이 나타났고 직장에서 근무중에 책에 성냥이나 라이터를 갖다대는 사람이 나오기 시작했다. 결재용으로 올린 두꺼운 서류철을 사장이 두말없이 태워버리는가 하면 학생들이 제출한 리포트를 교수가 교탁 앞에서 화형에 처하기도 했다. 학생들은 각자 집에서 그 교수의 책을 불태우는 것으로 보답했고 교수는 자기 책에 쓰인 것 말고 다른 책에 나오는 것은 모두 다 쓰레기라고 주장하며 조교에게 소각을 지시했다. 자기 집의 책을 다 태운 것에 만족하지 않고 동네 서점에 불을 지른 청소년들이 나타났고 이들이 하나둘 모여 이 집 저 집 습격하며 책을 약탈하기 시작했다. 이들은 기세 좋게 훔친 책들을 광장 복판에 쌓아놓고 기름을 부은 뒤 불을 지르고 그 주위를 돌며 춤을 추기도 했다. 경찰서에 연행되면서 이들은 방송 카메라를 향해, 책들에게 죽음을, 나무들에게 해방을, 이라는 구호를 외치기도 했다. 전염병은 순식간에 퍼져나갔고 외신들은 전 세계적으로 책을 불태우는 것이 세대를 초월한 새로운 유행으로 자리잡아가고 있다는 소식을 타전했다. 대낮부터 종이를 태우는 연기가 거리와 골목을 메웠고 소방차들이 달리며 내는 사이렌 소리가 하루 종일 그치지 않았다. 대통령 선거에 출전한 모 후보가 대중

앞에서 자신의 공약집을 불에 태우는 퍼포먼스를 벌여 인기를 모으는가 하면 미모의 여성 앵커는 어릴 때부터 자신은 눈에 띄는 책들을 닥치는 대로 불에 태우는 것으로 스트레스를 해소해왔노라고 자랑하기도 했다. 각종 사립 도서관과 공공도서관에 비상이 걸렸지만 이들 역시 불의 심판을 피해갈 수는 없었다. 검은 재가 바람에 날려 사방으로 휘날리는 가운데 역사와 전통을 자랑하는 도서관이 불에 타 무너지는 것을 비장하게 노래한 시집이 주목을 끌다가 역시 재가 되어 사라졌다. 어떤 학자는 텔레비전에 나와 책을 포함해서 모든 글은 기억을 감퇴시킨다는 해묵은 이론을 내세우며 이제 인류는 새로운 지적 혁명을 이룰 위대한 전환점에 서게 되었다고 선언했다. 또다른 학자는 책을 불태우는 행위에서 리비도의 파괴적 분출을 읽어내고 이를 현대사회의 종말론적 징후와 연결시켰다. 이들의 주장이 담긴 책 역시 장작더미 위에서 최후를 맞이했다. 출판사와 인쇄소와 서점이 줄도산을 했다. 대신 가정용 소화기를 생산하는 회사는 창업 이래 최고의 호황을 누리게 되었다. 대기를 정화하는 환경산업에 관심이 쏠리기 시작했고 불탄 건물이 늘어나면서 건설업이 다시 붐을 맞았다. 새로운 전염병이 돌고 있다. 오늘도 소방차가 바삐 거리를 내달리는 가운데 사람들은 새로운 태울 거리를 찾아 눈을 번득이고 있다.

심야의 방문객

깊은 밤 그녀가 그의 품속을 파고들며 말했다. 그 짐승이 오고 있어. 그 짐승의 숨소리가 들려.

잠에서 막 깨어난 그가 그녀를 안으며 물었다. 짐승이라니, 무슨 짐승?

그 짐승 말이야. 당신은 들리지 않아? 그놈이 오고 있는 소리가.

그는 그녀를 안은 팔에 힘을 준 채 잠시 귀를 기울였다. 바깥에는 아무 기척도 들리지 않았다. 겨울바람이 정원의 나뭇가지를 흔들고 창틀에 부딪히며 내는 소리가 들릴 뿐이었다. 그는 그녀가 혹시 잠꼬대를 한 것이 아닐까 싶어 한 손으로 그녀를 안은 채 다른 한 손으로 그녀의 턱을 치켜들고 얼굴을 들여다보려 했지만 그녀는 그의 가슴에 얼굴을 파묻은 채 완강히 고개를 저었다.

침묵이 방을 가득 채우고 있었다.

그는 잠시 그녀가 말한 짐승을 떠올려보았다. 늑대에서 호랑이로 곰으로 성성이로 다시 사자로 그리고 용 같은 상상의 동물로 그의 머릿속 화면은 빠르게 전환됐다. 갑자기 그는 등골이 서늘해지면서 어떤 짐승이 금방이라도 자신을 물어뜯을 것 같은 공포감에 사로잡혔다. 보이지 않는 짐승이, 아니 상상할 수조차 없는 짐승이 이미 방에 들어왔고 방에 가득차 있으며 사방에서 그를 내리누르고 있음을 그는 온몸으로 느낄 수 있었다. 자신의 것인지 그녀의 것인지 아니면 그 짐승의 것인지 모를 숨소리가 그의 고막에 가득찼다. 그는 더욱 거세게 그녀를 껴안았고 그녀는 몸을 웅크리고 더욱 깊숙이 그의 품속을 파고들었다. 혼미한 상태에서 그는 그 짐승이 그들 둘을 굽어다 보는 것을 느꼈다. 얼음처럼 차가운 짐승의 혀가 그의 볼을 스치고 지나갔다. 불처럼 뜨거운 짐승의 숨결이 그의 이마를 간지럽혔다. 그는 자신이 이대로 죽는다고 생각했다.

다음날 새벽 그가 난파선 같은 잠자리에서 일어났을 때 그녀가 누운 자리는 텅 비어 있었다. 짐승이 떠나면서 물어뜯고 할퀸 자리가 방안 여기저기 남아 있었다. 겨우 몸을 일으키고 문을 열자 저멀리 주방에서 아침을 준비하고 있는 그녀의 모습이 보였다. 그는 발소리를 죽이고 그녀의 뒤로 다가가 그녀를 살며시 껴안았다.

범행의 흔적 1

깊은 밤 침입자는 조심스럽게 창을 넘어 들어왔다. 그는 자고 있는 나를 굽어보더니 질긴 밧줄로 내 목을 휘감고 조르기 시작했다. 여전히 잠에 취한 채 나는 팔과 다리를 버둥거렸고 그러다 무엇엔가 손이 닿았다. 나는 그것으로 침입자를 사정없이 내리쳤다. 침입자는 침대 밑으로 나둥그러졌고 나는 마침내 편안한 잠을 잘 수 있었다. 다음날 아침 깨어났을 때 침대 옆 바닥엔 거미 한 마리가 납작하게 들러붙어 있었다. 살해 도구가 무엇일까 싶어 둘러보다 이불을 들추니 사과 한 알이 눈에 띄었다. 어젯밤 한입 베어먹다 남긴 사과가 눈부신 속살을 드러낸 채 이불 속에 가만히 누워 있었다.

범행의 흔적 2

깊은 밤 침입자는 조심스럽게 창을 넘어 들어왔다. 그는 자고 있는 나를 굽어보더니 질긴 밧줄로 내 목을 휘감고 조르기 시작했다. 여전히 잠에 취한 채 나는 팔과 다리를 버둥거렸고 그러다 무엇인가 손에 잡혔다. 나는 그것으로 침입자를 사정없이 내리쳤다. 침입자는 침대 밑으로 나둥그러졌고 나는 마침내 편안한 잠을 잘 수 있었다. 다음날 아침 깨어났을 때 침대 옆 바닥엔 거미 한 마리가 납작하게 들러붙어 있었다. 무엇으로 저놈을 죽인 것일까 싶어 둘러보다 이불을 들추니 아내가 눈을 멍하니 뜬 채 누워 있었다. 그녀의 이마 왼편에 한줄기 가느다란 피가 흘러내린 상태로 굳어 있었다.

도서관에서

도서관은 수족관처럼 고요했다. 책을 빌리러 온 주민들 몇 명만 지느러미를 늘어뜨린 채 물살에 몸을 맡기고 오가고 있었다. 책들은 서가에 꽂혀 있다기보다 눈부신 햇살에 떠 흐르는 것처럼 보였다. 어디에도 사서는 보이지 않았다. 나는 선반에서 책 한 권을 뽑아들고 구석의 볕이 잘 드는 창가에 앉아 읽기 시작했다. 내가 알지 못하는 문자로 씌어진 그 책은 전생에서 내가 겪은 전쟁을 다루고 있었다. 총알이 날아다니고 포탄이 터지는 전장의 참호에서 나는 마지막 힘을 짜내어 조그만 군용 수첩에 일기를 쓰고 있었다. 간신히 나는, 오늘 나는 죽을 것이다, 라고 썼다. 아마도 먼 훗날 누군가 이 기록을 읽게 된다면 전장 한켠에서 보잘것없이 죽어간 나를 기억해주기 바란다, 라고 썼다. 총알이 날아오고 나는 죽었을 것이다. 살아 있는 나는 책을 읽은 다음 그것을 대기 위에 내려놓았다. 책은 물살에 실려가듯 허공을 헤엄쳐 내게서 멀어져갔다. 또다른 책이 내가 앉아 있는 곳을 향해 떠내려왔고 다시 그 뒤로 또다른 책이 줄을 지어 대기하듯 밀려왔다. 물풀과 조약돌 사이로 스치듯 지나가는 책들의 행렬. 나는 손에 잡히는 대로 이 책 저 책 펼쳐보다가 푹신한 의자에 몸을 파묻고 졸기 시작했다. 나는 총알이 날아다니고 포탄이 터지는 전쟁터의 참호 속에 엎드려 있었다. 나는 조그만 군용 수첩을 펼쳐 들고 깨알같이 작은 글씨로 뭔가를 쓰고 있었다. 만일 내가 다시 태어난다면 전쟁 같은 것은 없는 세상에서 살고 싶다고 썼다. 그냥 햇빛 환한 봄날 오후 도서관에서 조용히 책을 읽으며 시간을 보내고 싶다고 썼다. 총알이 귓가를 스치는 소리가 아니라 사각거리며 종이를 넘기는 소리를 들으며 하루를 보내고 싶다고 썼다. 마지막 문장에 마침표를 찍는 순간 날아온 총탄이 내 몸을 꿰뚫고 지나갔다. 내 몸이 한없이 어둠 속으로 가라앉고 있었다. 내 왼쪽 어깨가 한없이 무겁게 느껴졌다. 간신히 눈을 뜨자 역광 아래 오래된 책에서 나온 듯한 한 남자가 내 한쪽 어깨를 지그시 누르고 서 있었다. 사서였다.

밀사

눈보라치는 밤 왕의 밀사가 찾아왔다. 서재의 벽난로 옆에서 우리는 장작불이 타오르는 것을 잠자코 바라보았다. 왕이 위독하다는 것은 왕국에서 비밀 아닌 비밀이었다. 왕은 죽어가면서 지금 나에게 마지막 소식을 전하고 있는 것이었다. 밀사는 말이 없었다. 나는 쇠꼬챙이로 장작을 쑤석거리면서 봉인된 그의 입이 풀리기를 기다렸다. 알고 계시겠지만, 밀사는 내가 따라준 포도주 한 모금을 삼킨 다음 낮은 음성으로 입을 열었다, 폐하께선 병상에서 제게 마지막 임무를 명하셨습니다. 타오르는 잉걸불이 그의 얼굴에 반사돼 일렁이고 있었다. 자신이 방금 한 말의 효과를 가늠하듯 그는 다시 잠시 침묵을 지켰다. 왕의 명령을 들은 뒤 그는 수많은 방과 계단과 정원을 지났을 것이다. 왕궁을 나와 대로를 가로지르고 성문을 향해 달려갔을 것이다. 성문을 지키던 병사들은 잡담을 나누다 말발굽 소리에 황급히 자세를 바로잡았을 것이다. 그가 내게 오는 동안 어쩌면 왕은 죽었을지도 모른다. 죽어가는 왕이 오락가락하는 정신으로 병상 옆에 부복한 신하에게 새로운 칙령을 내렸을지도 모른다. 왕성에서 멀리 떨어진 이곳, 한적한 시골에 유폐된 나 같은 존재에게 죽어가는 왕이 새삼 남길 말은 없었다. 그러나 이 밤 어두운 밤길을 달려온 밀사는 내게 무엇인가 전할 말이 있는 모양이었다. 폐하께선, 자신이 죽은 다음, 즉위할, 국경 수비대가, 반란, 혁명, 결코 그놈만은, 기필코, 숨이 붙어 있는 한, 희생할 수밖에 없는, 처단, 운명, 어쩌면, 혹시, 그러므로…… 밀사의 음성이 꿀벌떼처럼 내 귓가에 잉잉거리고 있었다. 나는 포도주잔을 든 채 벽난로 옆에 서서 그의 말에 귀를 기울였다. 눈보라가 그치기 전 어쩌면 왕은 마지막 임무를 수행할 암살자를 보낼지도 모른다고 나는 생각해왔다. 그의 입을 통해 왕은 내게 죽음을 명할 것이며, 나는 죽어가는 왕의 마지막 동행자가 될 것이다. 그러나 독이 든 포도주를 마시며 밀사가 전하는 소식은 나의 복귀를 재촉하고 있었다. 오직 밀사만이 알고 있는 비밀스런 절차를 통해 나를 새로운 후계자로 임명할 준비가 진척될 예정이었다. 눈보라치는 밤, 왕의 밀사는 잔에 남은 포도주를 입에 털어넣은 후 말했다. 폐하는 자신이 돌아가신 후 왕국의 주인이 될 인물은 오직 한 사람 당신뿐이며 이 명령은 다시는 번복되지도 반복되지도 않을 것이라고 말씀하셨습니다.

어두워지기 전에

두 주일이 흐른 뒤 그 일은 또 일어났다.
—『해리스 버딕의 미스터리』에서

날이 저물자 다시 그것들이 나타났다. 바람도 없는데 커튼이 일렁이더니 창틀이 덜컹거리며 흔들리고 마룻바닥이 삐걱이며 금방이라도 갈라질 듯한 소리를 냈다. 다용도실을 향해 난 유리문이 갑자기 열렸다 닫히기도 했다. 이어서 주방의 개수대에 쌓여 있던 그릇과 접시들이 덜그럭거리기 시작했다. 잠시 동안 아무런 소음도 나지 않더니만 조만간 지붕 위에서 누군가 쿵쿵거리며 뛰어다니는 소리가 들렸다. 벽에 걸린 액자와 천장의 전등에서 먼지가 떨어져내렸다. 푹신한 소파에 앉아 졸고 있던 아버지는 정신이 돌아온 듯 팔걸이를 힘껏 움켜쥔 채 뭔가를 오래 견디고 있는 표정을 지었다. 어머니는 불안스럽게 뜨개질거리를 들었다 놨다 하며 연신 현관 쪽에 시선을 주고 있었다. 마치 누군가 금방이라도 현관문을 벌컥 열고 들어올 것 같아 마음을 졸이고 있는 것처럼 보였다. 주위가 이미 어둑어둑해졌지만 아무도 일어서서 불을 켜거나 무슨 말을 해서 거실에 가득찬 침묵을 깨트리려고 하지 않았다. 불현듯 아버지 앞에 놓여 있던 탁자가 미세하게 흔들리고 그 위에 놓인 꽃병과 램프가 기울어지기 시작했다. 아버지가 황급히 손을 뻗어 탁자 모서리를 붙잡자 겨우 흔들림이 멈췄다. 아버지가 한숨을 쉬며 탁자에서 손을 떼자마자 어머니가 낮게 신음하듯 중얼거렸다. 저것 좀 보세요. 우리 셋의 시선은 동시에 탁자 옆에 깔린 양탄자에 고정되었다. 거실 바닥에 들러붙어 있던 무슨 물체가 둥글게 부풀어오르는 듯 양탄자 한쪽이 서서히 불룩하게 솟아오르고 있었다. 아버지는 안경을 고쳐 쓰더니 일어나서 탁자 옆에 놓여 있는 의자를 집어들었다. 천천히 머리 위로 의자를 치켜든 아버지는 금방이라도 내려칠 듯이 자기 무릎 바로 아래까지 봉분처럼 솟아오른 양탄자를 노려보았다. 아버지의 입에서 기합 소리 같기도 하고 비명소리 같기도 한 외침이 터져나오는 것과 동시에 의자가 허공에서 반원을 그렸다. 의자가 거실 바닥과 부딪치는 둔탁한 소리와 함께 의자 다리 하나가 부러지며 튀어오르는 모습이 눈에 들어왔다. 한창 부풀어오르던 양탄자는 그 부분만 푹 꺼진 듯 주름이 접힌 채 거실 바닥에 펼쳐져 있었다. 아버지가 다리 하나 없는 의자에 의지한 상태로 숨을 헐떡이고 있는 동안 어머니와 나는 조심조심 양탄자 밑을 들추어보았다. 역시 그곳엔 아무것도 남아 있지 않았다. 의자 다리에 찍힌 자리인 듯 희미한 흔적만이 거실 바닥에 남아 있을 뿐이었다. 달아났어, 그놈들이, 달아났단 말야. 아버지가 침울한 목소리로 말했다. 주방으로 발을 옮기던 어머니가 돌아보며 짧게 대꾸했다. 다시 올 거예요. 나는 말없이 벽에 붙은 전등 스위치를 올렸다.

코끼리를 꿈꾸다

꿈속에서 커다란 코끼리를 만났다. 코끼리는 긴 코로 연못가 버드나무 줄기를 휘감고 힘을 쓰고 있었다. 가는 버드나무 줄기는 금방이라도 뽑혀나올 것처럼 휘청거리고 있었다. 어떻게 보면 코끼리는 그 나무를 뽑아내려는 것이 아니라 그 나무를 휘감고 위로 올라가고 싶어하는 것 같기도 했다. 코끼리 뒤에 서서 그 모습을 지켜보던 내 눈에 코끼리의 꼬리가 들어왔다. 그것은 코끼리의 터무니없이 큰 덩치에 비해 너무나 가늘고 우스꽝스러워 보였다. 회초리 같기도 하고 짧은 밧줄 같기도 한 코끼리의 꼬리를 바라보다가 한 손을 내밀어 붙잡고 쑥 잡아당겨보았다. 그러자 놀랍게도 코끼리의 꼬리는 신축성 있게 더 가늘고 길게 늘어나면서 뽑혀나오는 것이었다. 나는 처음엔 조금 놀라서 그다음엔 이내 방심한 상태로 꼬리를 계속 잡아당겨보았다. 꼬리는 한없이 늘어났고 그것은 이내 내 앞에서 둥근 고치 형태로 휘감기기에 이르렀다. 나는 코끼리를 바라보았지만 그놈은 제 몸속에서 꼬리가 이렇게 새어나오는 줄도 모르고 여전히 버드나무 줄기와 씨름하고 있었다. 그러나 한참을 코끼리의 꼬리를 뽑아내던 나는 시간이 흐를수록 코끼리의 몸이 점점 줄어들더니 나중엔 끝없이 꼬리로 풀려나오고 있다는 사실을 알게 되었다. 잠시 후 코끼리는 사라지고 나와 버드나무 사이엔 둥글고 커다란 실뭉치만 남아 있게 되었다. 코끼리의 긴 코까지 실뭉치에 마저 감기자 버드나무는 드디어 휘청거림을 멈추고 똑바로 선 모습을 되찾게 되었다. 나는 버드나무를 타고 하늘로 올라가려 한 코끼리와 실뭉치로 변한 코끼리 가운데 어느 쪽이 더 신기한가를 놓고 잠시 고민에 빠졌다. 발로 툭 차보았더니 실뭉치로 변한 코끼리가 먼지를 일으키며 구르다가 멈췄다. 한동안 실뭉치 주변을 맴돌던 나는 이 코끼리를 몰고 집으로 가서 베개 삼아 베고 자기로 했다. 이 푹신한 코끼리 베개에 머리를 묻고 한숨 자고 나면 거기서 뻗어나온 기다란 코가 어느새 내 몸을 휘감고 있는 상태로 깨어날지도 모르겠다.

심야의 지하철

저들은 지금 누구를 조문하기 위해 이 자리에 모였는지, 자정이 가까워오는 시간, 어둠 속을, 굉음을 울리며 달리는 지하철에, 혹은 서서, 혹은 앉아서, 나를 들여다보고 있는 사람들이 있다, 지상에 다시 빙하기가 도래한 것일까, 지금 이곳은 싸늘한 냉동실 같다, 죽은 고기들이 빽빽이 걸려 있는, 심야의 지하철, 한 역이 지나가고, 다시 또 한 역이 지나간다, 정거장마다 죽은 자를 애도하는 무리들이 나와 있다, 두 손 모으고 서서, 텅 빈 눈동자로, 지하철 손잡이에 뻣뻣하게 걸려 있는 시체들 사이, 앉아 있는 나를 바라본다, 문이 닫히고, 지하철이 출발하면, 빠르게 스쳐지나가는 차창 저편, 그윽이 미소 짓는 해골들이 비친다.

책들은 그 섬에 가서 죽는다

처음 그 사실을 발견한 사람은 새벽녘 그물에 잡힌 물고기를 살피러 간 늙은 어부였다. 지난밤 펼쳐둔 그물을 배 위로 끌어올린 그는 제법 묵직한 무게를 느끼고 기대에 차서 그물을 헤집어보았다. 그러나 그가 거기서 건져올린 것은 늘 잡던 물고기가 아니라 낯설게도 물에 불어 너덜너덜해진 몇 권의 책이었다. 그가 읽을 수 없는 문자로 씌어진 그 책들은 물에 젖어 흐물흐물한 상태로 그가 들어올리자마자 덩어리져 떨어져나갔다. 그는 비교적 원형을 유지하고 있는 책 두어 권을 골라 집으로 가지고 가서 마당에 널어 말렸다. 다음날 새벽 다른 어부가 해변의 모래톱에 쓸려 와 있는 책의 무더기를 목격했다. 물거품을 머금은 채 버려진 책들은 햇살 아래 기묘한 광택을 뿜어내고 있었다. 주민들은 그 많은 책들이 어디서 왔는지 의아해했지만 아무도 그럴듯한 답변을 내놓지 못했다. 그리고 그다음날 더 많은 책들이 마을의 해변에 몰려들었다. 책들은 한가로이 파도 위를 떠다니며 밀려왔다 밀려가곤 했다. 물결 따라 출렁이는 책 위에 물새들이 내려와 쉬었다 가기도 했다. 처음엔 신기해하며 책을 주워 가던 사람들도 조만간 책에 흥미를 잃어갔고 해변의 모래톱은 차츰 온갖 장정과 판형의 책으로 덮여갔다. 책들은 모래에 반쯤 몸을 파묻은 채 바람이 불어올 때마다 펄럭이며 허공에 알아들을 수 없는 문장을 흩뿌렸다. 어두운 밤이면 달빛 아래 해안선을 따라 길게 늘어선 책들은 지상에서 사라진 옛 문명을 기리는 기념비처럼 보이기도 했다. 누가 그토록 많은 책들을 바다에 버려 이곳 외딴섬의 바닷가에까지 떠내려오게 만들었는지에 관해 분분한 소문이 떠돌았다. 저 먼 육지의 여러 고장에서 과잉 생산된 책을 처분하기 위해 도입한 새로운 시도라는 설에서부터 어마어마한 양의 책을 싣고 가던 화물선이 좌초해서 일어난 일시적 현상이라는 설, 금지된 이론을 담은 책을 유포시켜 민심을 교란시키고자 하는 적국의 음모라는 설, 외계인이 인간의 모습으로 지구에 잠입시킨 동료에게 보내는 은밀한 신호라는 설에 이르기까지 다양한 해석이 출몰했다. 이제 백사장과 갯벌은 물론이고 근해의 낮은 바다까지 책에 뒤덮여갔다. 밤마다 책을 가득 실은 검은 배들이 섬에 접근해서 책을 쏟아놓고 간다는 소문도 떠다녔다. 소라나 전복을 캐러 물속에 들어간 여인들은 축 늘어진 종이 뭉치만 건져올리기 일쑤였고 어부들은 섬 근처에선 더이상 물고기를 잡을 수 없게 되었다고 분통을 터트렸다. 아이들은 물에 부푼 책을 주워다 집 주변에 울타리처럼 쌓아올렸다. 이제 바닷가를 거니는 것은 맨발로 모래나 자갈을 밟는 것이 아니라 물렁물렁한 책들을 짓이기는 것에 가까웠다. 배를 타고 나가 책을 몰래 버리는 이들에게 정식으로 항의해야 한다는 목소리가 높아졌다. 더이상 바다에 생계를 의지할 수 없게 된 주민들이 하나둘 섬을 떠나기 시작했다. 그러던 어느 날 처음 그물에 걸린 책을 발견했던 늙은 어부가 주워 온 책에 씌어 있는 낯선 문자를 간신히 해독하는 데 성공했다. 거기엔 자신이 묻힐 땅을 찾아 오대양 육대주를 떠도는 책들에 대한 이야기가 담겨 있었다. 도서관과 서점과 개인 서가에 꽂혀 있던 책들이 어느 날부터인가 사람들이 다 잠든 깊은 밤 무단으로 자리를 이탈하여 바다로 바다로 쏟아져 들어간다는 이야기였다. 오랜 시간 서가에서 먼지를 뒤집어쓰고 있던 책들은 쓰레기통에 버려져 소각로 속에서 최후를 맞이하기 전에 마지막 긴 여행을 떠난다는 것이다. 책들은 해류를 타고 떠돌다 마지막으로 자신이 묻힐 바닷가를 향해 나아간다고 했다. 모든 책들이 묻히길 선망하는 장소, 어느 해변의 모래톱을 향해 책들은 끝없는 순례를 거듭한다고 했다. 그 해변에 닿는 순간 물에 풀어져 흐물흐물해진 지친 몸을 누인다고 했다. 해변의 오두막 창가에 앉아 있던 어부는 책을 덮고 책들이 몰려와 죽어가는 바닷가 책의 무덤을 망연히 내려다보았다. 저 해변이 바로 지금 자신이 읽은 책 속의 그 바닷가란 말인가. 이 책에 씌어진 내용이 단순히 누군가 지어낸 이야기가 아니라 이 섬에서 현재 벌어지고 있는 일을 설명해주는 사실이란 말인가. 부서지는 파도 아래 해변의 책들은 말없이 쓸려 왔다 쓸려 가고 있었다.

도착

밤의 끝에서 나는 입국심사를 기다리고 있었다. 내 앞엔 무수한 사람들이 줄을 지어 자기 차례를 기다리고 있었고 내 뒤에도 무수한 사람들이 줄을 지어 서 있었다. 내 좌우로 수많은 사람들이 대열을 이뤄 길게 늘어서 있었다. 저기 까마득히 먼 앞에 있는 칸막이 쳐진 입국심사대를 향해 사람들은 한없이 느리게 조금씩 움직이고 있었다. 천장의 형광등이 희미한 빛을 던지고 있을 뿐 사방은 춥고 어두웠다. 여기가 어느 나라 어느 도시인지, 공항인지 항구인지도 알 수 없는 바로 그곳에서 나는 빛바랜 여권을 든 채 차례를 기다리고 있었다. 낡은 양복에 두터운 외투를 껴입은 사내들과 굽 낮은 신발에 머리를 틀어올린 여인들이 허공에 흐린 입김을 내뿜으며 천천히 아주 천천히 앞으로 나아가고 있었다. 여권을 펼쳐보았지만 거기엔 도저히 알아볼 수 없는 사진 한 장만 붙어 있을 뿐 나를 증명하는 아무런 글자도 숫자도 쓰여 있지 않았다. 멀리서 포성이 들렸고 주위 공기가 술렁이다 그쳤다. 잠시 빗소리가 들린다고 생각했지만 어쩌면 그것은 저편 화장실에서 나는 물소리였는지도 몰랐다. 여기는 어쩌면 국경 검문소가 아니라 지하 깊은 곳에 자리잡은 분실물 센터일 수도 있고 즉결처분을 기다리는 법정일 수도 있었다. 외딴섬이나 황야에 있는 유형지일지도 몰랐다. 입국심사를 마치고 제복을 입은 경비원들이 지키고 서 있는 문을 통과해 나가는 순간 나는 어느 수용소의 독방에 갇히게 될 수도 있고 낯선 인종이 득실거리는 인력시장에 팔려

갈 수도 있었다. 나는 고개를 돌리고 내 뒤의 사람에게 여기 가 어디인지 왜 우리가 이 대열에 속해 있는지 묻고 싶었지만 얼음처럼 단단한 그의 표정을 보는 순간 단념하고 말았다. 누군가 초조하게 연신 손목시계를 들여다보았고 또 누군가는 주머니에서 꼬깃꼬깃 접힌 편지를 꺼내 읽기 시작했다. 아예 한쪽 무릎을 바닥에 댄 채 가방을 열어 짐을 새로 꾸리는 사람도 있었다. 저기 입국심사대 안에 버티고 앉아 있는 사람들은 나에게 무엇을 묻게 될까. 그들이 나에게 원하는 대답은 무엇일까. 멀리서 총성이 들렸고 누군가 낮게 신음을 억누르는 소리를 뱉었지만 이내 잠잠해졌다. 마침내 내 차례였다. 나는 숨을 들이쉬며 칸막이 심사대 앞으로 다가가 섰다. 유리창 저편 희미하게 실루엣만 보이는 그가 내 여권을 받아들고 팔랑팔랑 넘겨보더니 빈칸에 도장을 찍었다. 뭔가 물어보고 싶어 입술을 달싹여보았지만 아무 소리도 새어나오지 않았다. 유리창 저편의 그는 잠자코 내가 가야 할 방향을 손가락으로 가리켜 보일 따름이었다. 나는 여권을 받아들고 비틀거리며 경비원들이 지키고 있는 문을 향해 다가갔다. 문은 내가 밀기도 전에 열렸고, 어디선가 불어온 바람이 내 몸을 휘감았으며, 밤의 끝, 알 수 없는 곳에서 나는 누군가 내 이름을 부르는 소리를 들었다. 그것은 수 세기 전부터 나를 위해 준비된 바로 그 이름이었다.

나는 어둡고 적막한 집에 홀로 있었다

나는 어둡고 적막한 집에 홀로 있었다. 아이는 방바닥에 엎드린 채 산수 문제를 풀고 있었다. 복잡한 수식이 적힌 노트를 들여다보며 아이는 중력 암흑물질 벌레구멍 따위를 떠올리고 있었다. 나는 어둡고 적막한 집에 홀로 있었다. 소년은 침대에 누워 천장의 사방연속무늬를 헤아리고 있었다. 소년의 머릿속 은하계 저편에서 죽어가는 별이 다른 우주로 건너가기 위해 마지막 빛을 내뿜고 있었다. 나는 어둡고 적막한 집에 홀로 있었다. 청년은 욕실의 차가운 벽에 등을 기대고 앉아 세면대에 한 방울씩 수돗물이 떨어지는 소리를 듣고 있었다. 넥타이를 풀어헤치며 그는 언젠가 교수대 위에서 자기 목을 죄어들어오던 밧줄의 섬뜩한 촉감을 기억해냈다. 나는 어둡고 적막한 집에 홀로 있었다. 그는 책상 앞에 앉아 주름진 손으로 백지에 뭔가를 끄적이고 있었다. 사막을 가로질러온 바람이 허공에 모래먼지를 뿌리고 지나갔다. 이내 그가 적은 말들이 바람에 불려 쓸려나갔다. 나는 어둡고 적막한 집에 홀로 있었다. 그는 붙박이장을 열고 두터운 옷들을 헤치고 들어가 구석에 웅크리고 앉았다. 멀리서 비상 사이렌 소리가 울려퍼졌고 비행기 편대가 날아와 공습을 시작했다. 개가 짖어댔고 고양이가 담벼락 너머로 사라졌고 전선 위의 새들이 깃을 치며 날아올랐고 나는 어둡고 적막한 집에 홀로 있었다. 그는 밤샘 작업을 마치고 잠을 자기 위해 힘겹게 침대를 향해 가다가 거실 벽에 걸린 전신거울에 비친 흐릿한 모습을 보았다. 중력 암흑물질 벌레구멍 같은 말들이 빠르게 그의 머리를 스쳐지나갔다. 어둑한 방 한가운데 먼 혹성에서 온 노인이 불길한 미소를 띤 채 아득히 그를 쳐다보고 있었다. 그것은 내가 풀어야 할 마지막 문제였다.

4부

자 이제 받아서 쓰기만 하면 되네

제국의 가을
—대화 4

왕이시여. 뜨락에 부복한 신하가 소리 높여 외쳤다. 국경을 넘어 쳐들어온 적이 곧 모래폭풍이 되어 수도로 진격해올 것입니다. 수비대는 궤멸됐고 친위대는 뿔뿔이 흩어져버렸습니다. 속히 명을 내리시어 일단 산성으로 조정을 옮긴 다음 이웃나라의 구원병을 기다려야 할 것입니다. 적군이라니, 대체 어느 나라의 병사들이 산 넘고 물 건너 이 황막한 땅 아무것도 없는 나라의 깊숙한 곳까지 쳐들어온단 말이오. 옥좌 위의 왕이 술 취한 목소리로 말했다. 다 가져가라 하시오, 다. 그들이 도착할 즈음엔 궁은 헛간조차 텅 비어 알곡 한 톨 남은 게 없을 것이오. 왕이시여. 반쯤 몸을 일으킨 신하가 한쪽 무릎을 바닥에 댄 채 멀리 옥좌를 향해 외쳤다. 무도한 무리들이 해를 가리며 이 땅을 휩쓸고 지나가면 백성들의 입에서 얼마나 많은 비명과 탄식이 토해져나오겠습니까. 사방에서 몰려온 적병이 수도에서 인가를 불태우고 성벽을 무너뜨리기 전에 어서 산성으로 몸을 피하셔야 합니다. 아직도 더 불에 탈 장원이나 쓰러뜨려야 할 탑과 누각이 남아 있단 말이오. 옥좌에서 흘러내리는 몸을 가까스로 추스르며 왕이 노곤한 목소리로 물었다. 나와 그대 말고 이 궁에 또 누가 있다고 뭘 옮기고 말고 한단 말이오. 그저 남은 술이나 마시고 이 어수선한 날들이 지나가기를 기다립시다. 왕이시여. 이제 두 발로 굳건히 서서 옥좌를 마주한 신하가 노기 띤 음성으로 외쳤다. 어찌 사나운 야수의 칼과 창에 스러지고 있는 가여운 아낙과 아이들의 부르짖음을 외면

하신단 말입니까. 이 땅을 물려주신 선왕께서 지하에서 통곡하시는 소리가 귓전에 들리지 않는다는 말씀입니까. 듣기 싫소. 눈이 거의 감긴 왕이 비스듬히 팔걸이에 몸을 기댄 채 한 손을 내저으며 말했다. 이 나라엔 더이상 함락될 궁도 수호해야 할 법도 존재하지 않소. 보시오, 시녀와 환관도, 군졸과 재상도, 비와 빈도 다 사라진 이 적막한 궁에 남은 것이라곤 그대와 나, 미친 두 늙은이뿐 아니오. 이젠 물러나 내일 아침 내가 술이 깰 때를 기다리시오. 그렇다면, 신하가 비틀거리는 걸음으로 옥좌를 향해 다가가며 비장하게 외쳤다. 조만간 이곳에 당도할 적장에게 비루하게 목숨을 구걸하기 전에 자진해서 죽음을 맞는 마지막 위엄을 보이기로 합시다. 이것만이 제가 왕께 드릴 수 있는 마지막 충성입니다. 물러나시오. 신하가 품에서 비수를 꺼내들고 다가오는 것을 보며 옥좌 위의 왕이 조소 어린 음성으로 중얼거렸다. 언제까지 이 연극을 계속할 생각이시오. 그대가 믿는 제국은 예전에 무너졌고 살아남은 백성들은 모조리 포로로 끌려갔소. 저기 쑥대풀 우거진 궁 뜨락에 나뒹구는 뼈와 해골들이 보이지 않소. 이 궁을 오가던 이들이 얼마나 많았는데 왜 밤이면 밤마다 그대 유령만 찾아와 나를 들볶는 것이오.

사막의 돌

사막에 사는 그 부족은 매일 밤 지평선 위로 떨어져내리는 별똥별과 함께 꿈이 그들을 찾아온다고 믿는다. 어떤 사람의 잠 속으로는 하룻밤에도 여러 개의 별이 떨어져내려 긴 밤 여러 세계를 넘나든다. 하지만 그날 별의 방문을 받지 못한 사람은 꿈 없는 막막한 밤을 견뎌야 한다고 생각한다. 하루 이틀 사흘 아주 오랫동안 꿈을 꾸지 못한 사람은 어느 날 땅에 떨어진 별의 흔적을 찾아 지평선 너머로 떠난다고 한다. 몇 날 며칠 낙타를 타고 가다 발견한 운석을 주우며 그는 이것이 어느 은하계에서 보내온 선물인지 헤아린다고 한다. 사막에 사는 그 부족은 잠을 자는 것을 꿈을 주우러 떠나는 긴 여행이라고 믿는다. 어두컴컴한 하늘 저편에서 기일게 불꽃의 꼬리를 이끌고 져내리는 별똥별 무리를 보며 그들은 이 밤 저 꿈이 스며들어간 사람의 잠이 평안하기를 기도한다. 모래언덕을 넘고 또 넘어 푸른 풀이 우거진 오아시스에 몸을 숙이고 물을 들이켜듯 그들은 자신의 잠 속에 켜진 꿈의 환한 불빛을 향해 조심조심 다가간다. 사막에 사는 그 부족은 날이 밝으면 모래바람을 헤치고 세상 끝을 향해 나아가며 묵묵히 지난밤의 꿈들을 바람의 등에 실어 떠나보낸다. 그들을 거쳐간 꿈을 지평선 너머로 떠나보내며 그들은 멀리 사막의 돌이 우는 소리를 듣는다. 그것은 수 세기에 걸쳐 바람이 짊어지고 간 꿈들이 쌓여 이루어진 거대한 화석이 동료들을 부르는 소리이다. 사막에 사는 그 부족은 끝없이 지상을 떠돌며 언젠가 크고 환한 별을 땅속에서 캐낼 것이라고 믿는다. 별 없는 밤을 견디며 사막을 건너는 부족에게 꿈은 이 밤도 수많은 별똥별을 내려보낸다.

새벽 세시의 시인

새벽 세시, 종이 울리자 악마가 찾아왔다.

악마는 책상 앞에 앉아 아무것도 쓰이지 않은 백지를 응시하고 있는 나에게 말을 건넨다. 오늘밤도 아무것도 건지지 못했군. 그러고서도 시인이랄 수 있나. 그는 축 늘어진 내 어깨를 툭툭 치며 말한다. 예전에 내가 제시한 조건은 아직도 유효하네. 그사이 많은 세월이 흐르고 많은 일들이 일어났지만 자네 영혼을 내 처음 약속한 값에 사주도록 하지. 바람이 드나들 정도로 숭숭 구멍이 뚫린 자네의 보잘것없는 영혼을 거두어 가는 대신 자네를 불멸의 존재로 만들어주겠네. 자네 이름을 후대에 길이 전해줄 근사한 이야기, 심오한 사유, 빛나는 문장을 들려주겠네. 자 이제 받아서 쓰기만 하면 되네. 사후의 구원이란 얼마나 부질없는 것인지. 자넨 저승에서 나와 같이 만찬을 즐기는 동안 후대의 가난한 시인들이 백지 앞에서 자신들의 부족한 재능을 한탄하며 영감을 갈구할 때마다 자네를 떠올리며 기도를 올리는 모습을 지켜보게 될 걸세. 악마는 바짝 내 얼굴에 자신의 일렁이는 얼굴을 가져다 대며 말한다. 양심 진실 헌신…… 이런 뻔한 말들은 그냥 매주 듣는 주일예배의 진부한 설교 속에 파묻어버리게. 자넨 시를 쓰고 싶어하잖나. 백지 위에 새로운 우주가 탄생하는 순간, 자네가 지금까지 살고 의지해온 세계는 한낱 먼지가 되어 흩어져버릴 걸세. 자 어깨에 힘을 빼고 내가 움직이는 대로 따라서 백지 위에 선을 그어보게.

내가 간신히 망설임을 극복하고 막 악마의 지시에 따라 백지에 펜을 갖다대는 순간 멀리서 닭이 우는 소리가 들려왔다. 안 돼 안 돼 하며 악마를 향해 몸을 돌렸지만 이미 그는 밝아오는 빛 속으로 희미하게 꺼져들어가고 있었다. 사라져가는 악마의 얼굴에 차가운 미소가 번져나갔다. 내가 항상 말하곤 했지. 자네에게 부족한 것은 양심이 아니라 시간이라고. 자네는 양심을 지키느라 영혼을 팔지 못한 게 아니라 양심을 팔 시간이 없어서 지금까지 나와의 계약을 성사시키지 못한 거였어. 낭하 저편 아득히 멀리서 악마의 웃음소리가 메아리쳐 왔다. 넌 이미 내 거야. 그리고 넌 영원히 백지 앞에서 아무것도 쓰지 못하면서 나의 목소리만 그리워하고 있게 될 거야.

축제의 시간

그는 그해 그 마을에 도착한 최초의 여행자였다. 사람들이 반갑게 그를 맞아들이고 광장으로 안내했다. 마침 마을에선 축제가 열리고 있었고 마을 사람들이 줄을 지어 느리게 광장을 돌고 있었다. 긴 여행에 지친 몸을 이끌고 그는 무엇엔가 끌린 듯 질서정연하게 순환하는 대열의 틈에 끼어들었다. 하늘에서 쏟아져내리는 눈부신 빛이 건반을 누르듯 그의 두 눈두덩을 무겁게 내리누르고 있었다. 붉은 기와지붕 너머 새들이 날고 있었고 귓가에서 매미 울음소리가 지글거리며 울려퍼졌다. 높은 교회당 첨탑이, 잿빛 시청 관사가, 상점들의 유리창이 빛을 반사하며 가까워졌다 멀어지고 다시 가까워졌다. 헐떡이며 광장을 돌던 그가 앞에 서서 돌고 있는 사람에게 물었다. 언제까지 이렇게 돌아야 하나요. 앞에 선 사람은 수수께끼 같은 미소를 띠고 고개를 저을 뿐 아무런 말도 하지 않았다. 그가 돌아보며 뒤에 따라오고 있는 사람에게 물었다. 언제까지 이렇게 돌고만 있을 거죠. 그 역시 아무런 대답도 하지 않고 무겁게 다시 한 걸음 발을 옮길 따름이었다. 하늘에선 영원토록 지지 않을 것처럼 눈부신 태양이 끓고 있었고 돌이 깔린 광장은 따갑게 그의 발을 찔러댔다. 까마득한 옛날 전생의 전생부터 그들은 돌고 있었던 것처럼 네모난 광장을 둥글게 돌고 또 돌았다. 그는 자신의 온몸에서 부스럭거리며 버섯이 자라는 소리를 들었다. 무성히 자란 버섯이 삐죽삐죽 머리카락 사이로 옷 틈새로 삐져나왔다. 간신히 다시 한 바퀴 더 돈 다음 그는 자신의 혀에 점차 이끼가 자라는 소리를 들었다. 무슨 말이든 해보려고 입을 달싹거렸지만 목구멍을 빠져나온 소리는 두터운 이끼에 걸려 스러지고 말았다. 포석에 닿는 그의 발이 점점 더 무거워졌다. 마침내 그가 지쳐 쓰러지자 광장을 돌던 사람들의 행렬이 움직임을 그쳤다. 쓰러졌어…… 다행히도 이방인이야…… 이제 마지막 행사가 남았네…… 사람들은 둥글게 원을 그리고 둘러서서 그를 내려다보다가 잠시 후 그를 둘러메고 웃고 떠들며 광장 한복판으로 나아갔다. 그들의 얼굴엔 죽음의 대열에서 막 풀려나온 사람 특유의 안도와 환희의 빛이 떠돌고 있었다. 광장의 중앙엔 어느새 검은 두건을 쓴 망나니가 큰 칼을 들고 기다리고 있었다. 그는 준비된 시간에 그 마을에 도착한, 외부에서 찾아온 최초의 희생자였다.

매복

덤불 속의 사자 한 마리 싱글싱글 웃으며 기다리고 있다. 초원의 길목 어디쯤 길 잃은 짐승이 거기까지 흘러오기를. 얼룩말이든 기린이든 사슴이든 한입에 삼켜줄 텐데. 덤불 속의 사자 한 마리 살랑이는 바람에 갈기를 내맡기고 앞발에 머리를 고인 채 잠시 후 만나게 될 먹이를 떠올리고 있다. 가끔 코를 허공에 갸웃대지만 덤불 앞 끝없이 펼쳐진 벌판엔 아무런 기척도 나타나지 않는다. 토끼나 여우 새끼 같은 작은 것들도 나름 괜찮은데 말이지. 덤불 속의 사자 한 마리 심각한 얼굴로 저멀리 부우연 지평선만 쳐다보고 있다. 벌써 몇 시간째인가. 내리쬐는 햇빛 아래 개미 하나 애벌레 하나도 지나가지 않는구나. 이러다 오늘도 굶는 것이 아닐까. 이 자리에 그대로 말라붙어 땅바닥의 그림자와 포개지는 것이 아닐까. 덤불 속의 사자 한 마리 잔뜩 풀죽은 모습으로 고개 숙이고 있다. 멀리 독수리 서넛이 구름 없는 하늘을 배회하다 사라지고 깊은 고요 속에 풀벌레 울음만 차오른다. 이제 슬슬 이 자리를 떠나 평원으로 나가보아야 하는 게 아닐까. 얼룩말이든 기린이든 사슴이든 그들이 모여 이동하는 곳까지 찾아 나서야 하는 게 아닐까. 더 늦기 전에, 아직 내 몸에 저 벌판을 가로지를 힘이 남아 있는 동안에. 덤불 속의 사자 한 마리 날이 저물어 태양이 지평선 아래로 조금씩 가라앉는 모습을 보고 휘청거리는 몸을 일으켜세운다. 저 태양 속으로 타오르는 불덩이 속으로 갈기를 휘날리며 달려가는 거야. 저 붉은 아가리 속에 얼마나 많은 살점들이 이글거리며 익어가고 있는지. 사자는 입맛을 다시며 수런거리는 덤불을 빠져나온다. 갈기를 흔들며 사자가 몇 발자국 걸어가기도 전에 태양은 완전히 삼켜져버리고 물같이 부드러운 어스름이 그를 둘러싼다. 지평선을 향해 나아가던 사자는 종일 자신이 웅크리고 있던 덤불을 돌아본다. 순간 하늘을 가득 덮으며 수많은 화살이 자신을 향해 쏟아져내리는 것이 눈에 들어찬다. 사자가 떠나온 덤불 속에서 이제 막 기다란 창을 든 사람들이 함성을 지르며 달려나오고 있다.

그림자 연못

그 연못은 아무도 찾지 못하는 깊은 숲속에 있다고 한다. 그 연못은 간혹 사슴을 쫓다 길 잃은 사냥꾼이 몇 날 며칠 깊은 산속을 헤매다 우연히 만나는 것이라고 한다. 그 연못은 기진한 사냥꾼이 쓰러지기 직전 올려다본 하늘, 높이 솟아오른 나무들 저 위 하늘에 일렁이고 있다고 한다. 그 연못은 대지를 멀리하고 끝없이 솟아오른 울창한 숲의 나무들 사이 간신히 모습을 드러낸 하늘 거기 찰랑이고 있다고 한다. 그 연못은 나무들이 허공에 던진 그림자가 쌓이고 쌓여 저무는 하늘에 고여 이루어진 것이라고 한다. 그 연못은 기갈에 시달리는 사냥꾼이 하늘을 우러르며 두 손을 내밀 때 서서히 서서히 아래로 내려온다고 한다. 그 연못은 상반신을 쳐든 사냥꾼이 허공에 입술을 대고 정신없이 숲 그림자를 들이켜는 동안 잔잔한 물살을 일으키며 멀리멀리 퍼져나간다고 한다. 그 연못은 목마름을 푼 사냥꾼이 깊은 잠에 빠진 동안 바람에 수런거리는 나뭇잎들 사이 헤엄치는 물고기들 따라 번져간다고 한다. 그 연못은 해묵은 나무 그림자 아래 잠든 사냥꾼이 문득 눈을 뜰 때 가만히 그의 얼굴을 비춰주고 있다고 한다. 그 연못은 산에서 내려온 사냥꾼이 어떻게 무사히 돌아올 수 있었느냐는 마을 사람들 물음에 수수께끼 같은 미소로 답하는 얼굴에 서려 있다고 한다. 그 연못은 일부러 찾아갈 수는 없지만 어느 새벽 잠에서 깨었을 때 멀리서 들려오는 사냥꾼의 잃어버린 뿔피리 소리에 담겨 있다고 한다. 그 소리가 그친 다음의 적막 속에 연못 기슭을 치는 잔

물결 소리가 메아리친다고 한다.

불타는 호랑이의 연대기

여기저기서 늙은 선원이
장화를 신은 채 술에 취해 잠에 빠져서는
붉은 날씨에
호랑이를 잡고 있다
—윌리스 스티븐스

적막한 북국의 밤 잘 마른 나무로 아궁이에 불을 지피면 붉게 타오르는 불 속에서 시베리아의 호랑이가 나타나지 따스한 열기와 함께 번져가는 나른한 졸음 속에서 시베리아의 호랑이가 쓰윽 몸을 일으키고 타오르는 불 바깥으로 걸어나오는 것을 보게 되지 한 마리 두 마리 불의 아가리를 벌리고 눈보라치는 북국의 밤 호랑이들이 밤의 밤 속으로 달려나가는 것을 막연히 바라보지 독주를 마시고 타오르는 아궁이 옆 삐걱이는 나무의자에 앉아 시베리아의 호랑이들이 눈밭에 찍는 별자리 같은 발자국을 헤아리지 아무리 들이켜도 취하지 않는 북국의 밤 굶주린 호랑이들은 닥치는 대로 가난한 마을에 들이닥쳐 깊은 잠에 빠진 사람들을 덮치지 아아 악몽에 놀라 깬 아낙과 아이들의 길고 긴 울음소리 희디흰 눈밭에 선혈을 흩뿌리며 시베리아의 호랑이는 돌아오지 아가리 가득 피를 머금은 채 한 마리 두 마리 절룩이는 발걸음으로 식어가는 아궁이 타다 만 숯 더미 속으로 기어든다네 호랑이 호랑이 이글대는 불길 속에 일렁이는 얼룩무늬 따라 어른대는 호랑이 삐걱이는 나무의자 아래 데굴데굴 바

닥을 구르는 술병 소리에 문득 잠을 깨는 북국의 밤 꺼져가는 호랑이의 눈빛이 마악 내 신발에 옮겨붙고 있네

실종

텔레비전에서 사막의 사계에 관한 다큐멘터리 프로를 보고 있는데…… 조금씩 모래가 화면 바깥으로 흘러내리더니 쌓이기 시작하는데…… 끝없이 지평선을 향해 펼쳐진 모래밭…… 초승달 모양의 사구…… 바람이 물결무늬를 남기며 쓸고 가는 사막에 낙타를 탄 행상들이 지나가는데…… 간혹 보이던 선인장이 지워진 다음 화면이 지직거린다 싶더니 다시 모래가 화면 바깥으로 흘러내리는데…… 머뭇머뭇 텔레비전 앞으로 다가가니 화면을 넘어온 모래바람이 내 눈을 갈기며 지나가는데…… 사막 끝 지평선 너머로 사라져가던 행상 맨 후미의 낙타에 탄 사람이 뒤돌아보더니 나를 향해 어서 오라는 듯 손짓을 하는데…… 나도 모르게 한 발을 내딛는 순간 내 발이 모래에 푹 파묻히는데…… 다시 한 발을 내딛자 이제 온몸이 모래 속으로 빠져드는데…… 돌아보니 벽도 천장도 사라지고 바로 눈앞에 있던 텔레비전도 사라지고 지직거리며 녹아내리는 뜨거운 햇살 아래 광활한 사막을 나 홀로 걷고 있는데…… 낙타를 탄 무리는 지평선 너머로 사라져 보이지 않고…… 앞을 봐도 옆을 봐도 막막한 사막 끝없는 모래밭이 펼쳐져 있을 뿐인데…… 땀방울이 이마에서 목덜미에서 등에서 쉴새없이 흘러내리는데…… 어디로 가야 이 사막에서 벗어날 수 있는 걸까…… 저 지글거리는 햇덩이에 연결된 플러그는 어디 꽂혀 있는 걸까…… 그걸 빼면 세상은 순식간에 어두워질 텐데…… 텔레비전 화면은 너무 뜨거워 언제 폭발할지 몰라…… 사막의 모래폭풍이 모든 프로그램을 휩쓸어가버릴 거야…… 곤두선 선인장 가시처럼 나를 찌르며 난반사하는 햇빛…… 그리고 내가 뜯어먹다 버린 구름의 솜뭉치…… 온몸에 덮인 모래 털어내며 다시 한 걸음 무거운 발을 옮기는데…… 하늘에 떠 있는 구름 저 너머 멀리서 다큐멘터리 진행자의 음성이 들려오는 것이었다…… 사막을 가다 낙오돼 쓰러진 사람에겐 죽음이 있을 따름입니다……

풍경
—비무장지대

어린 시절 소년이 살던 집 뒤엔 대나무숲이 우거져 있었다. 대낮에도 햇빛이 잘 들지 않을 만큼 짙푸른 대나무들이 빽빽이 우거져 있었다. 바람에 서걱이는 댓이파리 소리를 들으며 소년은 몇 시간이고 그 숲을 헤매고 다니곤 했다. 아무리 걸어도 끝이 보이지 않을 것 같은 대나무숲을 간신히 빠져나오면 멀리 바다가 햇살 아래 철썩이고 있었다. 아무도 없는 해변에 갈매기들만 한가로이 날아다니고 있었다. 소년은 대나무숲 그늘에 몸을 숨긴 채 하얗게 빛나는 모래톱과 그 너머 푸르게 펼쳐진 바다를 한참 동안 바라보곤 했다. 간혹 나이든 어부가 모래톱에 배를 대고 담배를 피우거나 그물을 손질하는 모습이 보일 때도 있었다. 소년은 아무 말 없이 그 광경을 지켜보다가 다시 어둑한 대나무숲 길을 걸어 집으로 돌아오곤 했다. 바람이 스칠 때마다 댓이파리들은 귓가에 파도 부서지는 소리를 내며 아른거리다가 모래틈으로 스며드는 물소리를 내며 멀어져갔다. 어느 날 저녁 소년이 식구들과 저녁을 먹다가 대나무숲이 끝나는 곳에서 만난 바다 이야기를 꺼냈다. 식구들은 멍한 얼굴로 소년을 쳐다보았다. 대나무숲이 끝나는 곳엔 높은 산이 있고 그마저 아무나 통과할 수 없는 기나긴 철책이 가로막고 있을 뿐 바다도 어부도 존재하지 않는다는 것이었다. 다음날 그다음 날 소년은 대나무숲을 이리저리 헤매고 다녔지만 아무리 해도 그 바닷가는 나타나지 않았다. 댓이파리 서걱이는 소리에서 벗어나는 순간 그림처럼 펼쳐지던 백사장과 수평선과

갈매기들은 어둑어둑한 숲 그늘에 녹아 없어진 듯 사라지고 보이지 않았다. 다만 대나무숲이 끝나는 지점에서 땅에 반쯤 파묻힌, 한적한 해변 풍경이 그려진 오래된 전단지 한 장을 주웠을 뿐이다. 그 전단지 속의 망망한 푸른 바다엔 낡은 배 한 척이 아득한 수평선을 향해 멀어져가고 있었다. 소년은 작은 점처럼 그려진 그 배에 탄 늙은 어부가 자신을 향해 손을 흔드는 모습을 보았다고 생각했다.

자객

둥근 달이 뜬 밤 한 무리의 자객이 궁성의 담을 넘어 들어갔다. 소나무 참나무 잣나무가 우거진 궁성의 정원은 깊고 그윽했다. 그들은 왕비를 찾고 있었다. 어디선가 개가 짖었고 다시 어디선가 밤새가 울고 지나갔다. 자객들은 흩어져서 왕비의 침소를 찾기 시작했다. 수많은 누각과 정자들로 가득찬 궁성 안은 거대한 미로였다. 담 안에 또다른 담이 있었고 문을 열고 들어가면 다시 문이 나왔다. 모퉁이를 돌자 한창 잔치를 하고 있는 듯 환히 불 밝혀진 누각 아래서 사람들이 풍악 소리에 맞춰 떠들어대고 있었다. 자객들은 빠르게 지붕 위를 내달리거나 마루 밑을 기어서 궁성의 중심부를 향해 다가갔다. 마지막 담을 뛰어넘자 호위무사들이 그들을 막아섰다. 양쪽의 칼이 엇갈리며 부딪치는 순간 풍악 소리가 일제히 멈췄다. 호위무사의 칼이 자객의 가슴을 찌르고 자객의 칼이 호위무사의 목을 베었다. 그들이 죽고 죽이는 동안 궁성 안의 불이 차례로 꺼졌다. 비명소리와 더불어 시녀들이 허둥지둥 복도를 내달렸다. 호위무사와 자객들이 뒤엉켜 쓰러져 죽어갔다. 최후로 살아남은 자객 한 명이 시녀들을 찌르고 베며 앞으로 나아갔다. 휘장을 젖히고 방으로 들어가자 왕비로 보이는 한 여인이 침상에 앉아 교교히 웃고 있었다. 자객이 칼을 휘두르자 여인이 쓰러지고 붉은 피가 벽과 천장에 튀었다. 둥근 달이 구름 속으로 숨어들었는지 사방이 어두컴컴해졌다. 어디선가 개가 짖었고 다시 어디선가 밤새가 울고 지나갔다. 칼날에 묻은 피를 닦아내고 왕비의 침소 밖으로 막 나서는 순간 자객은 흠칫 놀라고 말았다. 어느새 궁성 안은 폐허가 돼 있었다. 잡초가 우거지고 부서진 돌조각이 여기저기 널린 뜨락에 지붕이 무너진 누각과 정자가 삭아가고 있었다. 놀란 그가 몸을 돌리자 죽었다고 생각한 여인이 여전히 침상에 걸터앉아 있는 게 눈에 들어왔다. 피 한 방울 흘리지 않은 얼굴로 여인은 그를 보며 교교히 웃고 있었다. 칼을 치켜들고 여인을 향해 다가가던 자객은 그녀가 아주 오래전에 죽은 여인이라는 것을 깨달았다. 그가 다시 칼을 휘두르고 여인은 피를 흘리며 죽었다가 그가 몸을 돌리면 다시 살아났다. 흩날리는 벚꽃이 휘날리는 눈송이가 되고 녹음이 짙푸르게 우거졌다가 다시 단풍이 지는 동안 자객은 여인을 죽이고 또 죽였다. 어느덧 석등이 쓰러지고 기왓장이 떨어져 뒹굴고 담벼락이 무너져내렸다. 긴 세월 자객이 칼을 휘두르는 동안 궁성은 완전히 텅 빈 폐허가 되었다가 다시 서서히 복구되었다. 기진맥진한 자객의 칼이 다시 왕비의 가슴을 관통하는 순간 한 무리의 관광객들이 방에 들어와서 연신 카메라 플래시를 터트렸다.

스노볼

잠에서 깨어났을 때 내 얼굴 위로 하염없이 눈송이가 떨어져내리고 있었다. 이불 바깥으로 손을 내밀어 허공에 맺힌 물방울을 쓸어내리며 나는 눈이 내리는군……이라고 중얼거렸다. 내 입 밖으로 새어나온 말들이 웅웅거리며 쏟아지는 눈발 속으로 스며드는 동안 나는 나를 태운 침대가 소독약 냄새 자욱한 길고 긴 복도를 지나 아득히 멀리 떨어져내리는 폭포를 향해 다가가는 소리를 들었다. 집도 거리도 마을도 다 사라진 사방엔 광막한 어스름이 펼쳐져 있었고 새 한 마리 날지 않는 둥근 하늘엔 오직 눈 눈만이 모래시계 속에서 부서져내리는 시간처럼 흩날리고 있었다. 이윽고 거센 물살에 부딪친 침대가 깊은 고요 속으로 튕겨올랐고 이내 밑으로 밑으로 떨어져내렸다. 이불을 턱 위로 머리 위로 잡아당기며 나는 내 눈과 귀를 때리는 눈송이의 적막한 소음을 견디고 있었다. 폭포 아래 어두운 심연엔 부서진 썰매와 뗏목의 잔해가 여기저기 널려 있을 것이고 수많은 세월이 흐르는 가운데 쌓인 신원을 알 수 없는 사람들의 뼈와 해골이 은은히 빛을 내고 있을 것이다. 정수리에 와닿는 뜨거운 손길을 느끼며 나는 이불 밑으로 하염없이 가라앉았고 눈송이는 폭포를 빙벽으로 만들며 내 주변을 온통 하얗게 밝혀나갔다. 수면에 닿는 순간 침대는 무수한 깃털을 흩날리며 부서져나갔고 나는 차가운 얼음판 위에 연기처럼 가벼운 천에 휘감긴 채 버려졌다. 단단한 빙판 위로 눈은 계속 끝없이 내리고 있었다. 이제 곧 새벽이 밝아올 텐데……라고 중얼거리며 나는 백색의 텅 빈 심연 속에 버려진 나를 둘러보았다. 고드름이 석순처럼 자라난 하얀 예배당의 단상에 얼음 모피에 뒤덮인 관이 놓여 있었고 하얀 촛대마다 얼음 촛농을 흘리며 불이 죽어가고 있었다. 관을 향해 다가간 나는 몸을 굽히고 거기 빛을 내고 있는 하얀 물체를 하염없이 오래 들여다보았다. 그것은 눈을 크게 뜬 나의 데스마스크였다.

나는 천천히 침대에서 몸을 일으킨 다음 조간신문과 한 잔의 뜨거운 커피를 떠올리며 현관문을 향해 걸어갔다.

포효

다시 북쪽으로 350리를 가면 구오산이라는 곳인데 산 위에서는 옥이, 기슭에서는 구리가 많이 난다. 이곳의 어떤 짐승은 그 생김새가 양의 몸에 사람의 얼굴을 하고 눈은 겨드랑이 아래에 붙어 있으며 호랑이 이빨에 사람의 손톱을 하였는데 그 소리는 어린아이와 같다. 이름을 포효(抱鴞)라고 하며 사람을 잡아먹는다.

—『산해경』에서

그것이 한 번 울부짖으니 덤불을 가로질러 달려가던 들개가 내장이 갈기갈기 찢긴 채 쓰러져 죽었다. 다시 그것이 한 번 울부짖으니 하늘을 날던 수리가 높은 고목을 들이박고 떨어져 죽었다. 이윽고 다시 한번 그것이 울부짖으니 돌다리 아래 개울물마저 소리를 죽이고 천지사방이 술렁거림을 멈췄다. 처음 어린아이의 날카로운 울음소리 같던 그것의 소리는 점점 커져 나중엔 지상에서 허공까지 온 세상을 그것이 내지른 울부짖음으로 가득 채웠다. 그 울부짖음마저 사라지자 어마어마한 정적이 밀려왔다. 그 모습은 보이지 않고 소리로만 자신을 드러내는 사나운 짐승의 울부짖음에 뭇짐승들이 떨고 있었다. 저녁 어스름을 타고 산마루 깊은 숲에서 인가를 향해 내려오던 그것은 산기슭에 자리한 조그만 암자를 발견하고 돌기 시작했다. 오래된 암자 안에는 노스님이 홀로 면벽참선중이었다. 한 바퀴 다시 한 바퀴 그것이 암자를 돌며 거친 숨결을 내뿜는 동안에도 스님은 묵묵히 벽만 응시하고 있었다. 비좁은 암자 툇마루에 앞다리를 올린 포효의 입에서 마침내 기다란 포효가 터져나오자 마당 저편 풀잎 끝에 매달린 이슬이 깨져나가고 돌탑이 무너져내렸다. 외침은 암자를 거듭 휘감고 돌다가 법당 안으로 스며들어와 벽과 천장을 금가게 하고 방안 가득히 먼지를 흩날렸다. 암자 문이 거듭 덜컹거리자 면벽하던 스님이 문득 눈을 뜨고 스스로에게 물었다. 저것은 어디에서 왔는가. 저 소리는 무엇을 찾아 헤매고 있는가. 실은 존재하지 않는 저것이 어떻게 하여 소리의 몸을 얻고 저리 날뛰고 있는가. 스님이 바라보고 있던 벽에 거대한 짐승 그림자가 어른거리더니 금방이라도 뛰쳐나올 것처럼 몸을 뒤틀었다. 그것이 벽을 벗어나 스님을 향해 이빨과 손톱을 치켜들고 뛰어오르는 순간 네 이놈! 하는 일갈이 울려퍼졌다. 포효의 포효보다 더 큰 포효가 스님의 입에서 터져나왔다. 순간 그것은 허공에서 사지를 활짝 펼친 채 얼어붙은 상태로 정지하더니 서서히 부스러지듯 사라져 없어지고 말았다. 다음날 아침 동자승이 암자 문을 열자 노스님이 가부좌한 자세 그대로 입적해 있는 모습이 눈에 들어왔다. 뜨거운 불에 그슬린 듯 노스님은 온몸이 새카맣게 탄 모습으로 꼿꼿이 앉아 벽을 바라보고 있었다.

여우 이야기

어린 시절 내가 살던 집 뒤안 대숲 속에 여우 한 마리가 살고 있었다. 바람 소리도 그친 깊은 밤이면 바닥에 쌓인 수북한 댓이파리를 밟으며 살그머니 다가오는 여우의 발자국 소리가 들리곤 했다. 사각사각사각 여우가 달빛을 베어 먹고 있다. 사각사각사각 여우가 처녀의 간을 베어먹고 있다. 사각거리는 소리에 잠 깨어 창문을 열고 바라보면 멀리 어둑한 대숲 속을 거니는 여우 눈빛이 손에 잡힐 듯 반짝거리곤 했다. 사각사각사각 여우가 대숲을 빠져나가며 피 묻은 발자국을 찍고 있다. 사각사각사각 여우가 실개천을 건너며 물위에 비친 처녀의 모습을 노려보고 있다. 저것은 여우가 지나갈 때마다 지붕 위의 기와들이 곤두서는 소리. 저것은 여우가 눈을 감았다 뜰 때마다 길고 긴 복도의 마룻장이 삐걱이며 일제히 일어서는 소리. 깊은 밤 술렁이는 댓이파리를 몰고 바람이 내 방을 휩싸고 도는 동안 살그머니 내 잠 속에 피 묻은 주둥이를 들이밀고 미소 짓는 여우를 떠올리며 나는 옆방 누이 걱정에 몸을 뒤척이곤 했다. 사각사각사각 그 옛날 내가 살던 집에 무슨 지하실이나 다락방 같은 것은 없었지만 깊은 밤마다 나는 들었다. 울퉁불퉁한 근육을 한 거대한 장정이 내 집 어딘가에 숨어서 칼을 가는 소리를. 사각사각사각 베어 먹힌 달이 완전히 줄어들어 그믐이 된 밤 갈다 만 칼을 들고 조용히 나는 누이의 문턱을 넘어갔다. 거기 짙은 어둠 속에 여우 한 마리가 도사리고 있었다.

잠들지 않는 아이를 위한 노래

아가야, 눈을 감고 잠들어야 할 시간이다. 어서 눈을 감고 편안히 꿈의 나라를 찾아가렴. 네가 잠들지 않으면 모래 사나이가 온단다. 저 어두운 황야를 가로질러 모래 사나이가 우수수 모래 흘러내리는 소리를 내며 이 밤 네 잠자리를 찾아온단다. 등뒤에 불룩한 자루를 메고 네가 자는 방 문틈으로 소리 없이 새어들어 온단다. 아가야, 어서 눈을 감아라. 모래 사나이가 집 주위를 돌며 내는 메마른 발자국 소리가 들려오지 않니. 사방에 모래 쓸리는 소리를 내며 모래 사나이가 집으로 스며들고 있구나. 하늘에 깜박이던 별도 자취를 감춘 이 밤, 현관을 지나 거실을 지나 모래 사나이가 어느새 네가 누운 침상 옆에 와 서 있구나. 어둠 속에서 눈 초롱초롱 뜨고 있는 너를 내려다보며 모래 사나이는 만면 가득 모래 웃음을 웃고 있구나. 부서져내리는 모래의 손을 들어 살며시 네 머리칼을 쓸어올리고 있구나. 자, 자, 모래 사나이가 등에 짊어지고 온 자루를 바닥에 내려놓은 다음 손을 집어넣고 한 움큼 뭔가를 끄집어내는구나. 보려무나 아가야, 모래 사나이가 네게 주는 선물을. 모래 사나이의 손바닥에 들린 것, 그것은 매일 밤 모래 사나이가 찾아낸 잠들지 않은 아이들의 눈알들, 놀란 듯 두려운 듯 크게 부릅뜬 눈알들이란다. 모래 사나이는 순식간에 그 피 묻은 눈알들을 입안에 털어넣고 와지직 씹어 먹는구나. 모래 사나이의 턱이 위아래로 움직일 때마다 입술 사이로 으스러진 눈알들이 모래알과 함께 흘러내리는구나. 이제 눈 크게 뜨고 서서히 네 얼굴을 향해 다가오는 모래 사나이의 뾰족한 입술을 보아라. 네 눈알을 후벼파기 위해 갈고리처럼 허공에서 멈칫대며 다가오는 구부러진 손가락을 보아라. 모래 사나이의 손끝이 네 눈가에 닿기 전에 너는 있는 힘껏 고함을 지르고 참았던 울음을 터트리겠지. 무섭다며 엄마 아빠를 소리쳐 부르겠지. 그러나 아가야, 이미 늦었단다. 날이 저물어도 잠들지 않고 보채는 아이에겐 눈알을 빼가는 모래 사나이가 찾아간단다. 저 어두운 황야를 가로질러 거리와 집들 여기저기에 모래를 흩뿌리며. 모래 사나이는 이미 손바닥에 네 눈알을 올려놓고 굴리면서 웃고 있구나. 눈알이 빠져나간 눈구멍을 드러낸 채 너는 캄캄한 어둠 속에서 입술만 달싹거리며 울고 있구나. 아무리 울어도 울어도 너에게 다신 환한 빛이 넘치는 아침은 찾아오지 않을 거란다. 캄캄한 어둠만이 지속되는 세상에서 너는 죽는 그날까지 두 귀로 환청처럼 우수수 모래 쓸리는 소리만 듣게 될 거란다. 그러니 아가야, 어서 눈을 감고 귀를 기울이렴. 모래 사나이가 멀어져가고 있단다. 등뒤에 불룩한 자루를 메고 산 넘고 물 건너 지평선 위 곤히 떠 있는 달 속에 자기 아이들이 기다리는 외딴집을 향해 가고 있단다. 세상은 거센 모래바람에 파묻힌 듯 고요하고 너는 죽은 듯 침상에 누워 있구나. 이제 눈을 뜨렴, 아가야 어서 눈을 뜨렴. 지난밤의 나쁜 꿈에서 벗어나 두 눈을 활짝 떠보렴. 굳게 감은 네 눈을 뜨는 순간 너는 보게 될 거란다. 덜그럭거리는 자루 속 캄캄한 어둠 속에서 크게 부릅뜬 채 사방에서 너를 보고 있는 무수한 눈알 눈알 눈알들을.

빙하와 어둠의 기록

북극을 향해 떠난 탐험대에 관한 기록을 읽었다. 그들은 눈보라를 뚫고 강철 같은 얼음의 싸늘한 추위를 견디며 멀리 지구의 꼭대기를 향해 전진했다. 배는 얼음에 갇혔고 개들이 끄는 썰매도 빙하의 해안 어딘가에서 더이상 나아가지 못하고 버려졌다. 장교들 선원들 사냥꾼들은 서로를 증오하면서 극한의 기후 속에서 힘겹게 하루하루를 버텨야 했다. 고래기름으로 밝힌 등불 밑에서 그들은 전해지지도 못할 기록을 써 갈겼고 가끔 획득한 곰과 물개 고기로 생명을 연장시키면서 침묵과 함께 독한 술을 들이켰다. 그들의 시선이 가닿는 사방은 오직 서슬 푸른 빙벽 빙벽일 뿐. 얼음 구덩이 속에서 악전고투하며 그들은 마침내 미지의 극점에 도달했다. 아니 도달했다고 생각했다. 그들은 그들이 지나온 빙산과 빙해에 황제의 이름을 붙였고 그것이 그들과 그들이 태어난 땅에 영광을 가져다주리라고 믿었다. 그들은 북극권의 기후변화로 얼음이 녹아 없어지는 순간 흔적도 없이 사라질 대륙의 여기저기에 이런저런 이름을 붙임으로 해서 그것이 그들의 영토가 되리라고 믿었다. 그들은 얼음 위에 꽂은 깃대가 누더기가 되어 사라지기도 전에 역사 속으로 사라져 갔다. 썰매개들이 짖어대며 달리는 얼음의 땅 저편에서 그들이 행진하며 내는 발자국 소리가 지금도 울려퍼지고 있다. 그들은 아직도 전진중이며 북극은 여전히 발견되지 않았다. 우주의 캄캄한 어둠 속을 돌고 있는 이 행성에서 북극이란 남극이란 얼마나 가없는 미지의 지점일 따름인가. 유빙이 떠내려오는 불모의 땅에서 그들은 지금도 사실과 허구의 기록을 써나가고 있다. 멀리 만년설을 이고 있는 산꼭대기에 눈으로 뒤덮인 궁전이 보인다. 저기 영원히 지지 않을 오로라가 푸른빛을 내뿜으며 지평선에서 하늘로 한없이 뻗어오르고 있다. 바람이 죽은 자의 이름을 속삭이며 불어온다. 마지막 원정대가 사라져간 눈보라를 응시하며 책을 덮는다. 빙하에 묻힌 시신들이 페이지를 넘어 내 손가락 사이로 흥건히 녹아 흘러내린다.

노인과 바다

이른 새벽마다 살이 다 뜯겨나간 거대한 물고기 뼈가 부서진 배를 끌고 내 방 문턱에 와 좌초한다. 썰물 진 해변 앙상한 물고기 뼈 마디마디 맺힌 눈부신 물방울들. 부서진 배 조각이 널려 있는 길 위에 서서 나는 저멀리 상어떼가 몰려오는 소리를 듣는다.

해설

펄프의 꿈, 도착(倒錯)의 전화(前化)
—이 '이야기'는 무엇인가?

조재룡(문학평론가)

이야기꾼은 (……) 죽음이 그 앞에서 때로는 안내자로 나타나기도 하고 때로는 마지막에 오는 가련한 낙오자로 나타나기도 하면서 한자리를 차지하고 있는 피조물의 행렬이 움직이고 있는 저 시계 숫자판에서 벗어나지 않는다.

—발터 벤야민[1]

1. 먼 곳에서 당도한 이야기

예순여덟 개의 '이야기'로 구성된 시집이 지금 우리 앞에 있다.

이야기. 우리는 흔히 모든 시대, 모든 장소에 '이야기'가 있다고 말한다. 예컨대 이야기는 그 행위 전반을 포함하여, 인간의 '경험'을 진술하는(한) 것이며, 그러기 위해서는 '등장인물' '사건' '시간' 등이 반드시 포함되어 있어야 한다고 입을 모은다. 이야기는 또한 "기술된 언어를 매개로 한 어떤 사건의 재현, 또는 실제나 허구적 사건의 연속"[2]으로 정의되는 등, 크게 보아 허구와 사실, 두 갈래로 분류되기도 한다. 허구적 이야기는 타자의 삶을 대신 살게 해주며, 사

---

1) 발터 벤야민, 『서사(敍事) · 기억 · 비평의 자리』, 최성만 옮김, 길, 2012, 439쪽.

2) Gérard Genette, *Figures II*, Seuil, 1969, p. 49.

실적-실제적 이야기는 역사적 현장과 구체적인 연대기를 갖는다. 이야기에 대한 정의는 어느 한 가지 구성요소에 중점을 두면서 전개되기도 한다. 가령 모든 이야기가 실은 "등장인물들의 이야기"이며, "바로 이렇기 때문에 등장인물의 분석"[3]이 이야기 연구의 핵심이라거나, "사건의 연속이 존재하지 않는다면"[4] 이야기도 애당초 존재할 수 없다며, 이야기를 파악하기 위해서는 사건과 시간, 사건의 '재현' 방식을 살펴야 한다고 지적한다.

남진우가 펼쳐낸 이야기는 이와 같은 방식으로 그 구조의 파악은 물론 핵심도 요약되지 않을 것이며, 오히려 요약되지 않는다는 특성만을 오롯이 내비칠 뿐인 문장의 타래들을 선보일 뿐이다. 시집 속 이야기는, 한 줄이라도 요약하려 들면 도리어 실패하는 시, 실패하는 이야기들이며, 따라서 '규정-정의' 불가능성이라는 특징을 지닌다고 하는 편이 옳겠다. 그의 이야기는 오히려 화자-주체의 경계가 붕괴된 곳에서 발화의 거점을 설정하는데, '먼 곳'에서 당도한 허구의 그것은 말할 것도 없고, 현실의 언저리나 일상의 반경을 중심으로 펼쳐진, 그러니까 겉으로 보아 '사실'에 기반하거나 명백히 과거의 어떤 '기억'을 반추하여 지어올린 것이

3) Yves Reuter, *Introduction à l'analyse du roman*, Dunod, 1996, p. 51.

4) Claude Brémond, *Logique du récit*, Seuil, 1973, p. 47.

라고 한다 해도, 이야기하는 자의 주관성이 배제되기는커녕 오히려 주를 이루고 있기 때문이다. 이야기하는 자의 목소리나 서술에서 취해온 시점, 조망한 관점에 따라 이야기의 이해 지평은 물론 시시각각 달라진다. 또한 '이야기한다'는 것은 항상 무언가를 누군가에게 이야기한다는 것을 의미한다. 즉 독자에게 정보나 사실 외에 기억이건 무의식이건, 꿈이건 사건이건, 또한 그것이 상상에 기반했건 실제에서 유추됐건, 이야기는 입술에서 귀로 흘러가는 모종의 "경험을 나눌 줄 아는 능력"[5]에 의지한다. 남진우의 이 이야기-시에서 '경험'은 우선 '책'에서 찾을 수 있다.

2. 펄프의 꿈

나는 어느 글에서 남진우의 산문시 몇 편을 '겹(multi)-곁(para) 이야기'라고 부르고, 거기에 "'전(前)-후(後)' 이야기, 사실을 곰곰이 따져보면, 결국 몇 개인지 알 수 없는 이야기"이자 "주인이 없는 이야기, 주인을 상실했다고 선언하는 이야기"인 동시에, 그럼에도 "차라리 주인이 확실한

5) 발터 벤야민, 「이야기꾼: 니콜라이 레스코프의 작품에 대한 고찰」, 같은 책, 417쪽.

이야기, 주인의 본능, 그 근원을 찾게 하는 이야기"[6]라고 덧붙인 바 있다. 시집에 실린 이야기 중 상당수의 작품은 원본(原本)과 이본(異本)을 갖는다. 시를 쓰는 그의 다른 손에는 항상 책이 들려 있으며, 책이 시로 건너와 백지를 찢고서 새로운 이야기를 만들어낸다. 책은, 어떤 의미에서, 이야기를 열고 닫는 경첩, 혹은 이야기의 새로운 분기가 형성되는 '첨점(尖點)'과도 같다. 남진우의 시에서 이야기는 주어진 결과물이 아니라 그 자체로 과정일 뿐인 텍스트, 즉 상호텍스트의 운동 속에서 빚어지는 것이다.

> 책을 펼치면 나비떼가 날아오른다. 책갈피 속에 숨어 있다 이제 막 날개를 편 작은 나비들이 파닥거리며 허공으로 솟아오른다. 꽃향기를 따라 번져가는 글자들, 하나하나 나비 되어 창밖으로 날아가고, 나비떼를 좇아 꽃잎 흩날리는 길을 따라가다보면 페이지는 순식간에 텅 빈다. 더듬어보면 손가락 끝에 꽃가루가 묻어날 뿐, 내 눈길이 닿는 허공 저편에서 바람을 일으키며 떠도는 글자들. 책을 덮자 어둠이 밀려온 창밖에서 우수수 나비들이 우주 바깥으로 쓸려나가는 소리가 들린다.
>
> —「봄밤의 독서」 전문

6) 조재룡, 「나는 항상 '다시' 쓰는 주체다」, 『의미의 자리』, 민음사, 2018, 465~482쪽. 이 해설은 여기서 일부를 취해왔다.

이야기꾼은 책에서, 책을 수놓는 문장과 문자에서 자신이 들려줄 경험을 길어올린다. "책을 읽어나가다 빈 페이지와 맞닥뜨리는 순간"을 놓치지 않고, "한 페이지 전체가 텅 빈 채 눈에 들어차는 순간"을 정면으로 마주해 원본과 이본, 저 어딘가의 여백을 열고 무언가를 고안하기 시작한다. "앞 페이지로 넘어왔다가 뒤 페이지를 넘겨보며 이게 의도적인 것인지 아니면 단순한 실수의 소산인지 가늠해보는 짧은 순간"(「산호초」)을 직접 체험하고, 책의 입장에서, 책의 관점에서, 아니 책에서 무언가를 '꺼내', 꺼낸 책의 일부인 것처럼, 혹은 그 연장에서, 더러 그것을 넘어서, 자주 책의 무의식과 욕망, 즉 그 이후의 사건을 서술해나가듯 이야기를 들려준다. 남진우의 시는 그러니까 '마치 책인 것처럼(as if)'의 기술(記述)이자 그것의 주관적 구술이며, 이를 바탕으로 새로 지어올린 기이한 이야기의 형식을 취한다. 중요한 것은 남진우의 시에서 바로 이 '마치 ~인 것처럼'이 '미메시스'의 능력과 크게 다르지 않다는 점이다. '마치 책인 것처럼'의 능력은 단순한 모방이 아닌 '재현', 그러니까 이차적, 부가적, 주관적으로 '다시(再)'-'제시하는(現)' 능력이자, '반성적 판단력'의 작용이 배후에 전제된 "의도를 살려주는 우연"[7]인 것이다.

---

7) 이마누엘 칸트, 『판단력비판』, 백종현 옮김, 아카넷, 2009, 169쪽.

책은 '마치 ~인 것처럼' 하염없이 백지 위로 흘러넘치고 빈번히 포개어진다. "그 짧고도 긴 순간, 문득, 흠칫, 몸을 떨며" 시인은 "뚫어지게 바라보고 있던 백지에서 와글거리며 어떤 글자들이 떠올랐다가 다시 흰 물살에 휩쓸려 백지의 심연 속으로 순식간에 가라앉아버리는" 그 순간, "페이지로 이어져가는 글자들의 끝없이 긴 행렬이 대기하고"(같은 시) 있는 숱한 독서의 순간들을, 매개 없이, 원본-이본 사이의 가로막을 제거하고서, 새로운 공간을 열어 거기에 직접 실행-실천한다. "책을 너무나 사랑한 나머지 그는 꿈을 꾸면서 다른 사람의 서재에 들어가 그의 서가에 꽂힌 책 가운데 마음에 드는 것을 훔쳐오기 시작"한 이야기, 끝내 "자신의 꿈속의 서가"를 그려보는 불가능한 염원을 담은 이야기, 책더미에 싸여 있는 꿈, 탐스러운 책이 너무 많아 "꿈속에서 책을 훔치느라 미처 읽을 겨를이 없었"으며, "훔칠 만한 책을 주위에서 찾고 고르느라" "책을 제대로 읽지 못"할 지경에 처한 자의 이야기는 다음과 같이 마무리된다.

책을 너무나 사랑한 나머지 그는 현실 속에서 책을 읽기보다 꿈속에서 책과 더불어 살기로 했다. 그래서 그는 오늘도 잠이 들기 전 그가 낮에 보았던 갖고 싶은 책을 머릿속에 떠올리고 그 책이 있을 만한 장소에 이르는 길을 가늠하며 잠자리에 든다.

—「책도둑」 부분

남진우의 시집은 거반이 책의 이야기이며, "꿈속에서 책과 더불어 살"며, 책에서 빚어진 이야기로 구성된다. "깊은 밤 은밀히 벽이 갈라진다"로 시작하는 「검은 고양이」는 포의 그것과의 연관성 속에서 추리소설의 음산한 분위기를 연출하며, 살인마의 활보를 예고하는 기이한 방식으로 마무리되고, "잃어버린 눈들이 모여" 사는 곳, "아무도 살지 않는 집"과 "말라버린 우물" 주위로 불모, 폐허, 죽음이 활짝 피어난 곳에서, 까닭을 모른 채 축제를 열고, 웃음을 흘리고, 그렇게 술잔을 주고받는 이야기 「성문 앞 보리수」는 "성문 앞 우물 곁에 서 있는 보리수/나는 그 그늘 아래 단꿈을 보았네"로 알려진 슈베르트의 〈보리수(Der Lindenbaum)〉를 인유한 것이 명백하며, 최소한의 접점 '우물 곁'을 기점으로, 새로운 장면을 열며 기이하고도 낯선 체험의 현장으로 우리를 이끈다. 시집을 읽으며 우리는 제목에서건, 내용 전반에서건, 제사를 통해서건, 책의 '기시감'에 사로잡히게 될 것이며, 얼핏 보아 원-텍스트와 부차적-텍스트라는 구조 속에 시의 터전이 마련되어 있다는 생각을 품게 될지도 모르겠다.

이처럼 「기적 소리」는 무라카미 하루키의 「한밤중의 기적에 대하여, 혹은 이야기의 효용에 대하여」에서 소년과 소녀가 미처 하지 못한 이야기의 '이후'를 풀어놓은 것처럼 보이며, 「빙하와 어둠의 기록」은 크리스토프 란스마이

어의 『빙하와 어둠의 공포』가 남긴 참혹한 기록과 조우하고, 어린 시절 대나무숲을 헤매는 이야기 「풍경」에 등장하는 가출의 경험이나 영원히 돌아가지 못하는 훼손된 고향을 그리고 있는 「귀뚜라미 소년」은, 일면 고향집 문 앞에서서 문을 두드리지 못하고 매번 실패하고 마는 카프카의 「귀가」를 떠올리게 한다. 「최후의 인간」이나 「노인과 바다」에서는 메리 셸리나 헤밍웨이의 그것을 읽다 잠든 후 꿈속에서 이 책들을 고스란히 체현하며 펼쳐지는 긴박한 사투나 재난의 국면을 맞이하는 이야기가 펼쳐진다. 또한 「새벽세시의 시인」은 괴테의 『파우스트』에서 모티프를 차용하는 동시에, 시마에 시달리는 시인과 악마의 거래가 '시간'의 문제로 성사되지 못한 사뭇 이상한 아쉬움을 현실의 좌절된 욕망으로 발화하며, 「포효」는 『산해경』의 상상력과 문체와 밀접히 교호하고, 「불타는 책의 연대기」는 발터 뫼어스의 『꿈꾸는 책들의 도시』를 암시적인 방식으로 환기하면서, 한 걸음 나아가 이 책에 '반(反)'하는 진실을 드러내며, 책을 엄습한 재난의 서사를 '마치 후속편인 것처럼' 아이러니한 문체로 지어올렸으며, 마커스 주삭의 책 제목을 그대로 가져온 작품 「책도둑」은 '직접' 책을 훔치는 이야기 속의 주인공이 되어 현실과 몽상의 중간 지대에 머물면서 지속적으로 책을 훔치는 이야기를 마치 끊이지 않는 악몽처럼 담아낸다. 크리스 반 알스버그의 『해리스 버딕의 미스터리』를 제사에서 암시하듯 언급하면서 착수되는 「어두워지기 전에」도 원작

과의 연장선상에 놓이는 것은 마찬가지이지만, 한 걸음 나아가 원작이 미처 담고 있지 못한, 책이 아직-여전히 실현하지 못한 욕망과 책의 꿈을 끄집어내어 직접 기록하기라도 하는 듯, 용암으로 인해 폐허가 된 도시 속 '재난의 불가사의'와 종말 앞에 선 인간 군상의 모습을 끔찍하고도 파멸적인 어조로 그려나간다.

책의 페이지마다 숨쉬고 있는 등장인물과 책의 페이지를 넘기면서 차츰 모습을 갖추어가는 기이한 사건들, 책을 촘촘히 수놓고 있는 저 문자들이 머금고 있는 미지의 세계가 실제로, 현실로 범람하는 일이 시의 이야기 속에서 '마치 사실인 것처럼' 실현된다. 책의 꿈과 무의식의 이와 같은 기이한 '전화(前化)'는 상실과 공포, 경이와 놀라움을 뿜어내며, 매우 독특한 이야기를 빚어내는 근본적인 원인으로 자리잡는다. 남진우의 이야기는 책과 이렇게 모종의 '접점'을 갖는다. 접점을 갖는다는 말은, 남진우의 시가, 대상이 된 책, 이야기의 기저에 담고 있는 책, 독서를 통해 체화한 책, 즉 원-텍스트 혹은 원-이야기라고 여겨질 다양한 원본들의 단순한 패러디나 환유, 인유나 제유, 알레고리나 비유로 환원되는 것이 아니라 상호 텍스트적인 화학작용 속에서, '마치 책인 것처럼' '의도를 살려주는 우연'의 저 예기치 않은 작업에 직접 참여하는 자기 반성성(reflexivity)의 산물이라는 사실을 말해준다. 그러니까 책과의 이러한 접점은, 보다 정확히 말하자면 분기점이나 촉발점이라고 해야 할 텐데,

이야기는 책을 그 아래 조용히 깔고 있지만, 책은 오히려 이야기를 촉발하는 무엇이거나 촉발된 이야기를 통해 제 무의식과 욕망을 실현하는 대상으로서의 작품일 뿐이기 때문이다. 이야기는 이렇게 겹겹의 구조를 지니게 된다.

적막한 북국의 밤 잘 마른 나무로 아궁이에 불을 지피면
붉게 타오르는 불 속에서 시베리아의 호랑이가 나타나지
따스한 열기와 함께 번져가는 나른한 졸음 속에서 시베리
아의 호랑이가 쓰윽 몸을 일으키고 타오르는 불 바깥으로
걸어나오는 것을 보게 되지 한 마리 두 마리 불의 아가리
를 벌리고 눈보라치는 북국의 밤 호랑이들이 밤의 밤 속
으로 달려나가는 것을 막연히 바라보지 독주를 마시고 타
오르는 아궁이 옆 삐꺽이는 나무의자에 앉아 시베리아의
호랑이들이 눈밭에 찍는 별자리 같은 발자국을 헤아리지
아무리 들이켜도 취하지 않는 북국의 밤 굶주린 호랑이들
은 닥치는 대로 가난한 마을에 들이닥쳐 깊은 잠에 빠진
사람들을 덮치지 아아 악몽에 놀라 깬 아낙과 아이들의 길
고 긴 울음소리 희디흰 눈밭에 선혈을 흩뿌리며 시베리아
의 호랑이는 돌아오지 아가리 가득 피를 머금은 채 한 마
리 두 마리 절룩이는 발걸음으로 식어가는 아궁이 타다 만
숯 더미 속으로 기어든다네 호랑이 호랑이 이글대는 불길
속에 일렁이는 얼룩무늬 따라 어른대는 호랑이 삐꺽이는
나무의자 아래 데굴데굴 바닥을 구르는 술병 소리에 문득

잠을 깨는 북국의 밤 꺼져가는 호랑이의 눈빛이 마악 내 신발에 옮겨붙고 있네

—「불타는 호랑이의 연대기」 부분

이 작품은 "여기저기서 늙은 선원이/장화를 신은 채 술에 취해 잠에 빠져서는/붉은 날씨에/호랑이를 잡고 있다/—월리스 스티븐스"라고 시의 제목을 밝히지 않은 제사가 달려 있다. 시는 바로 이 '제사'에서 착수되며, 일부가 인용된 스티븐스의 시는 남진우 시 속 이야기와 모종의 접점을 이루지만, 오히려 새로운 이야기가 시작되는 첨점과 같다고 할 수 있다. 스티븐스의 시 전문을 인용한다.

하얀 잠옷들이
집집마다 가득하다.
어디에도 초록색 없고,
초록 반지 낀 자주색도,
노란 반지 낀 초록색도,
파란 반지 낀 노란색도 없다.
레이스 양말이나
구슬 장식 허리띠 맨
낯선 모습 하나 없다.
사람들은 꿈에서
비비나 고둥을 보지 않을 것이다.

늙은 선원 하나만 이리저리
술 취해 장화 신고 잠들어,
벌건 날에
호랑이 잡고 있을 뿐.

—월리스 스티븐스, 「미몽에서 깨어난 열시」 전문[8]

좀처럼 꿈을 꾸지 못하는 자들, 색깔을 상실한 자들, 그러니까 저 "하얀 잠옷들" "꿈에서/비비나 고둥을 보지 않을" 법한 "사람들"은 삶에서 상상하는 능력을 이미 상실한 자들이다. 가령 그들에게 '호랑이를 잡는다'는 위험천만하고도 한편으로 과감하며, 모험적이면서도 흥미진진한 '상상'을 도모하는 일은 절대 벌어지지 않는다. 상상은 "술 취해" 잠든 "늙은 선원"이 간혹 꾸는 저 드문 꿈속에서만 잠꼬대처럼 가능할 뿐이다. 스티븐스의 시를 머금고, 남진우의 시는 바로 이 꿈, 상상의 저 위험과 모험을 직접 실현의 반열에 올려놓는다. 남진우의 「불타는 호랑이의 연대기」는 스티븐스 시의 단순한 패러디가 아니라 이 시가 이야기하는 상상력, 한편으로 이 시가 구체적으로 보여주지는 못했으나 그 부족함과 필요성을 알려준 상상력, 시의 꿈을 실현한 직접적인 기록이며, 시의 침묵하는 무의식에 입을 달아 고유한 이

8) 로버트 프로스트 외, 『가지 않은 길—미국 대표시선』, 손혜숙 엮고 옮김, 창비, 2014, 81쪽.

야기의 형태로 이 무의식을 구술하며, 아직 기록되지 않은, 미처 당도하지 않은, 이 책이 꾸는 꿈과 책이 품고 있는 욕망을 '전사'했다고 말해야 할지도 모른다. 남진우가 펼쳐놓은 '마치 책인 것처럼'의 이야기들은 작품에서 작품으로 이어지는 상호작용 속에서 "방법이 궁리되는 하나의 장(場)"[9]을 새로이 여는 이야기와도 같은 것이다.

"북극을 향해 떠난 탐험대에 관한 기록을 읽었다"는 문장으로 시작하는 「빙하와 어둠의 기록」을 살펴보자. 이 시의 "기록"은 마젤란이나 스콧의 그것과 유사한 탐험의 체험기가 아니다. 다양한 겹-텍스트들(엇비슷한 모험담)을 물리치고, 크리스토프 란스마이어의 『빙하와 어둠의 공포』라는 '원(原)-이야기'가 시의 제목에서 고정되어버린다. 시는 이렇게 구체적 체험에 대한 기록과 그 체험의 기록을 오롯이 담은 소설이라는 명확한 출처-저본을 갖는다. 원본 소설이 시의 한 줄 한 줄에 스며들고, 백지에 공급할 이야기의 양식이 된다. 장면과 장면이 수시로 포개어지고 겹쳐지다가, 화자는 마치 소설 속으로 직접 들어간 듯 주인공이 되고, 타자의 기록이 이렇게 시로 걸어들어와서 차츰 녹아들기 시작하면, 이 두 개의 "사실과 허구의 기록"은 하나의 지평선 위로 차츰 휘발되기 시작한다. 독서를 진행하던 우리도 언젠가부

9) Roland Barthes, *De l'œuvre au texte in Le bruissement de la langue(Essais critiques IV)*, Seuil, 1984, p. 70.

터 주어를 상실하는 것처럼 보인다. 「빙하와 어둠의 기록」의 마지막 대목이다.

> 썰매개들이 짖어대며 달리는 얼음의 땅 저편에서 그들이 행진하며 내는 발자국 소리가 지금도 울려퍼지고 있다. 그들은 아직도 전진중이며 북극은 여전히 발견되지 않았다. 우주의 캄캄한 어둠 속을 돌고 있는 이 행성에서 북극이란 남극이란 얼마나 가없는 미지의 지점일 따름인가. 유빙이 떠내려오는 불모의 땅에서 그들은 지금도 사실과 허구의 기록을 써나가고 있다. 멀리 만년설을 이고 있는 산꼭대기에 눈으로 뒤덮인 궁전이 보인다. 저기 영원히 지지 않을 오로라가 푸른빛을 내뿜으며 지평선에서 하늘로 한없이 뻗어오르고 있다. 바람이 죽은 자의 이름을 속삭이며 불어온다. 마지막 원정대가 사라져간 눈보라를 응시하며 책을 덮는다. 빙하에 묻힌 시신들이 페이지를 넘어 내 손가락 사이로 흥건히 녹아 흘러내린다.

최대치의 독서는 독서의 대상을 외따로 놓아두지 않는다. "그들이 행진하며 내는 발자국 소리가 지금도 울려퍼지고 있다"는 대목을 보자. 타자와 주체는 관계가 역전되는 것이 아니라 텍스트와 텍스트 사이의 혈류를 타고 삼투한다. 시를 읽는 독자들의 두 눈은 외려 란스마이어 작품의 독자가 되어 글을 이끌고 나갔던 시인이 뿜어내는 리듬과 화법, 문체를 바라보게 되고, 시인이 펼쳐낸 처절한 정동의 이야기 속으로 서서히, 그러나 본격적으로 빨려들어가게 된다. "우주의 캄캄한 어둠 속을 돌고 있는 이 행성에서 북극이란 남극이란 얼마나 가없는 미지의 지점일 따름인가"에 이르러 이야기는 '전이'되고, 발화의 주체와 화자 사이의 경계는 붕괴된다. "그들은 지금도 사실과 허구의 기록을 써나가고 있다"라는 문장이 절묘한 것은 물론 "지금도"와 "허구" 때문이다. 시는 이처럼 독서에서 비롯되었으며, 그와 같은 사실에서 출발하였다고 명백히 밝히지만 결국 '나'의 글, 그러니까 '나'가 타자의 글의 중심을 이탈시키는 동시에 '나'의 중심도 이탈되며 솟구쳐낸 고유한 글로 전이한 이야기를 구사하는 것이다. 문장과 문장 사이에 깊게 젖어든 허무가 극한의 한계 속에서 압도적으로 육박해오는 실존의 기록, 자연과 맞서 싸우는 치열하고도 장엄한 사투는, 이렇게 타자의 글에서, 글을 읽으면서, 어느덧 타자의 글의 저 "페이지를 넘어 내 손가락 사이로 흥건히 녹아 흘러내"리는 사태에 진입한 '나'의 고유한 이야기에 커다란 줄기를 이룬다.

책을 읽는다
책을 읽어나감에 따라
책이 나를 읽는다
책을 읽을수록 나는 텅 비어가고
책은 글자들로 한없이 부풀어오른다

내가 읽는 책이 나를 읽는 동안
주위는 점점 더 책으로 가득 차고
책에 둘러싸인 채 가쁜 숨 몰아쉬며
나는 쉴새없이 페이지를 넘긴다
내 눈동자가 스쳐지나갈 때마다
백지엔 긴 문장의 띠가 이어지고
내 머릿속에 든 문장이 하나씩 지워진다
부옇게 지워진 문장으로 가득한 머릿속
점점 또렷하게 떠오르는 새로운 책 한 권
책을 닫는 순간
머릿속 책 한 권이 통째로 빠져나간다

툭,
바닥으로 떨어져내리는
텅 빈 해골 하나

—「사라지는 책」 전문[10)]

"읽지 않은 책들로 거의 폭발할 지경"(「책도둑」)에 이른 도서관은 "책들의 행렬"(「도서관에서」)로 넘쳐나는 곳이며, 글의 미로로 설계된 곳이다. 책은 그 자체로 이야기의 재료-대상-주체가 되기도 한다. 책은 해독할 수 없는 문자,

10) 남진우, 『타오르는 책』, 문학과지성사, 2000, 102쪽.

"읽을 수 없는 문자"로 쓰여 "허공에 알아들을 수 없는 문장을 흩뿌"(「책들은 그 섬에 가서 죽는다」)릴 뿐 이해될 수 없으며 독서 불가능성의 상태에 거주한다. 책은 그 자체로 미지의 대상으로 그려진다. 책을 읽다가 잠든 순간, '나'가 책을 읽고 있는 것인지, 책이 '나'를 기록하는 것인지 "책을 읽을수록 나는 텅 비어"간다고 시인은 말한다. '나'가 직접 무언가를 기록하고 있는지 책 속에서의 누군가가 '나'를 기록하고 있는지 그 구분은 자주 모호해지며, "내가 읽는 책이 나를 읽는" 순간이 도래하면 책의 필자와 독자, 책에 등장한 사건의 실행자와 그 기록의 주체가 뒤바뀌거나 더러 하나가 되기도 한다. "내가 알지 못하는 문자로 씌어진 그 책은 전생에서 내가 겪은 전쟁을 다루고 있었다"(「도서관에서」)라는 문장이 발화되자 새로운 현실이 전사된다. "총알이 날아다니고 포탄이 터지는 전장의 참호에서 나는 마지막 힘을 짜내어 조그만 군용 수첩에 일기를 쓰고 있"는 책 속의 '나'를 이제부터는 현실의 '나'가 기록하기 시작하는 것이다. 책의 현실화는 책의 꿈을 실현하는 일과 맞닿아 있다.

책이 꾸는 꿈속의 '나'인가? '나'가 꾸는 책의 꿈인가? 시점이 붕괴되고, 주어가 바뀌고, 책의 내용 속으로 들어간 '나'가 글을 쓰는 것인지 글 속에 '나'가 있어 그 이야기를 쓰고 있는 것인지 알 수 없는 상태에서, 이야기가 겹으로 늘어나는 만큼 백지 위에는 "긴 문장의 띠가 이어"질 뿐이다. 이 긴 문장의 주인은 실현되지 않은 책의 '아직 알지 못한 것', 즉 미지(未知)이자 삼투된 이 미지의 수행자이다. 책의 내부로 직접 들어간 '나'에게, 책을 다 읽은 '나' 자신은 이렇게 이미 한 번 죽은 자아와 크게 다르지 않다. 따라서 "간신히 나는, 오늘 나는 죽을 것이다, 라고 썼다"는 독서를 마쳤다는 사실을 고지하는 동시에 책과 하나가 되어 독서를 마친 '나'가 곧 맞이할, 다른 책을 쥐게 되는 순간이 한 번의 죽음과 또다른 탄생의 시간이라는 것과 다르지 않다는 사실에 대한 비유이다. 죽음은 책의 미지를 수행하던 자가 맞이하는 죽음이다. "마지막 문장에 마침표를 찍는 순간 날아온 총탄이 내 몸을 꿰뚫고 지나갔다"도 마찬가지이다. 독서의 끝에 당도했음을 알리는 기록인 동시에 '나'가 읽어나간 책이, 그 내용이, '나'와 무관하지 않다는 사실, 이렇게 '북 트렁커'의 현실 그 자체, 그 실현됨, 실행을 고지한다. "책은 글자들로 한없이 부풀어오른다"는 따라서 의미심장하다. '꿈'은 '나'가 '나'를 보고 있는지 책이 '나'를 읽고 있는지, 이 둘이 육화된 순간에 대한 알리바이이기 때문이기도 하지만, 순간에 빚어진 책-현실의 특성, 그 문자의 형태, 그것이 재현되는 방식을 알려주는 단초이기 때문이기도 하다.

시는 이야기 속의 이야기를 경유하면서, 타자로 서는 '나'의 글, '나'의 글로 타자에 기념비를 세우고, 그 표면에 무늬를 빚어내면서, 그 무늬 사이로 '나'의 '아우라'를 뿜어내는 화학작용을 일궈낸다. 남진우의 산문시는 이와 같은 방식으로 시를 온갖 서정에서 분리시킨다. 이야기는 이 분리되어 나온 미지의 공간을 파고든다. 왼손에는 책을 들고, 오른손에는 비상한 문장을 든 시인은 부지런히 백지를 메우고 있는 것이다. 줄에서 줄로 읽어나가던 눈이 왼쪽에서 오른쪽으로 달리기 시작한다. 이 직진의 행렬은 간혹 되돌아와야 할 때를 맞이하고, 그렇게 다시 되돌아가다가도 분기점-촉발점에 당도하여 알 수 없는 곳으로, 책을 뚫고 나와 미지의 언어 속으로, 도치된 결말로 도약한다. 서사를 움켜쥐는 만큼 '반복'은 이야기의 단위를 시간이 아니라 순간들에 비끄러맨다.

3. 현실로 범람하는 해독 불가능한 문자들

> 이야기는 보고하는 사람의 삶 속에 일단 사물을 침잠시키고 나중에 다시 그 사물을 그 사람에게서 건져올린다. 그래서 이야기에는 옹기그릇에 도공의 손자국이 남아 있듯이 이야기하는 사람의 흔적이 남아 있다.
>
> —발터 벤야민[11]

남진우의 이야기에는 기원을 캐묻기 힘든 미지의 경험들

11) 발터 벤야민, 같은 책, 430쪽.

이 바글거린다. 어느 시점에선가 완료된 것이 분명하나 정확히 확인할 수 없는 과거의 일을 실제 일어났던 과거의 사실적 사건('~하곤 했다'나 '~였다고 한다')처럼 펼쳐내며, 시인은 "공간적으로 먼 곳의 이야기나 시간적으로 먼 과거의 이야기"[12]에 현장성을 부여한다. "저 멀고먼 산 깊고 깊은 숲속엔 흰털로 뒤덮인 크다란 설인이 살고 있어"로 시작하는 「설인(雪人)」이나 "옛날 옛적에 내 신발엔 귀뚜라미 한 쌍이 숨어살았네"로 입을 떼고는 고향을 떠나온 후 신발에 남아 있는, 설명할 수 없는 귀뚜라미의 흔적을 이야기하는 「귀뚜라미 소년」, "그날 밤 내 피는 뻐꾸기 울음소리를 싣고 먼산으로 흘러 흘러갔다"로 서두를 열고, 긴박감 속에서, 위태로운 상황 속에서 전개되는, 은밀함과 긴장감으로 가득한 서스펜스 이야기 「산그림자」, "뗏목을 타고 우리는 흘러간다"로 시작하는, "홍수의 밤과 가뭄의 낮"을 겪을 뿐 끝내 어디에도 도달하지 못하고 "뗏목"이라는 문명의 재난과 황폐 속에서 당도와 구원이 끝없이 연기되는 골고다 저 해골들의 이야기 「약속의 땅」이나 "잠자리에 누우면 멀리서 모래가 흘러온다"로 시작하여 '밀려온다' '흘러온다' '찾아온다' '잦아든다'로 가득한 공포의 물결로 마침내 모래에 온몸이 잠식당하는 악몽을 "한없이 깊고 어두운 밤의 한가운데 신기루처럼 어른거리는 몇 개의 잡히지 않는 꿈들"의

12) 같은 책, 419쪽.

이야기로 담아낸 「모래의 시간」, 나르키소스 신화처럼 어디선가 들었던 이야기를, '~라고 한다'로 시간의 단위를 부여하고 동화와 구전을 다시 기술한 문체로 주조해내며, 사냥꾼의 귀환과 그 신비를 그리고 있는 「그림자 연못」, "그는 그해 그 마을에 도착한 최초의 여행자였다"로 시작하여 전생에서 이어져 헤아릴 수 없는 시간이 흐르도록 "네모난 광장"을 계속 맴돌고 있는, 까닭을 알 수 없는 행렬이 이 마을을 방문한 '이방인'을 희생의 제물로 삼자 비로소 멈춰진다는 「축제의 시간」 등, 이야기는, 거의 모든 면에서, 환상동화나 신화, 옛 구전이나 전설, 목격담이나 경이, 회상이나 회고담, 미스터리나 괴담의 그것처럼 착수되고, 전개되고, 끝을 맺는다.

'먼 곳'에서 도착한 이 이야기는 '규정 불가능성'이라는 기묘한 탈을 쓰고 전개된다. 정확히 어딘지 알 수 없는 모래사막, 총성이 울려퍼지거나 칼싸움이 한창 진행중인 전쟁터 저 한복판, 몰락한 왕과 마법사만 달랑 남겨진 폐허와 같은 왕궁처럼 장소의 기이성을 토대로 삼고, '먼 곳'이라는 시대의 불분명성이 여기에 더해지며, "개와 늑대 사이의 시간"처럼 낮에서 저녁으로 향하는 어디쯤, 어렴풋한 빛과 푸르스름한 어둠이 혼재된 시간의 불분명성이 '규정 불가능성'에 일각을 보탠다. 시집의 모든 이야기가 이렇게 미스터리의 가면을 쓰고 있다. 조금도 비범할 것이 없는 일상을 찢고, 불쑥 기습하듯 방문한 기이한 공포가 이야기 전반을 홍건히 물들이는 저 예측 불가능성은 말할 것도 없고, 머리카락이 실제로 불타오르는가 하면, '나'가 죽어가는 과정이나 죽은 '나'의 시신을 '나'가 직접 바라보고, 자신의 주검에 대한 회한의 말을 남기는 등, 그의 이야기에는 "맨 하늘 아래, 구름 말고는 아무것도 변치 않고 남겨진 것이 하나도 없는 풍경 속에 서 있고 그 가운데에 파괴적인 흐름과 폭발의 역장(力場) 속"에 놓인 "왜소하고 부서지기 쉬운 인간의 몸뚱이"[13]가 쏟아내는 말들로 가득하다. 까닭과 이유를 캐묻는 행위 자체가 봉쇄된 저 인과성의 누락과 맥락을 종잡을 수 없는 불가해성이 이야기를 지배하는 가운데 다소 기이한 언술로 마무리되기도 한다. 몇몇 이야기에서 결구에 해당되는 마지막 대목이다.

> 당신이 분명히 알아두어야 할 것은 우리 사이에 악어가 숨어 있는 것이 아니라 악어들 사이에 우리가 살고 있다는 것. 유일한 문제는 조용히 살다 어느 날 소리 소문 없이 사라지느냐 아니면 악을 쓰며 뼈만 남을 때까지 뜯기면서 사느냐, 그 차이일 뿐이다.
>
> —「악어」 부분

> 들어보라, 그 안에 담긴 죽은 아기를 들어올려보라. 지

13) 같은 책, 417쪽.

금 그대 팔 안에 안겨 있는 것. 한 마리 연약한 새의 날갯짓 같은 이 떨림. 그 옛날 그대가 버린 아기들이, 이 밤, 눈 꾹 감은 채, 어두운 물위를 떠내려가고 있다.

—「밤으로의 표류」 부분

늑대들이 사납게 할퀴고 지나간 자리, 모래바람만이 쓸고 지나가는 텅 빈 거리 끝에서 눈먼 걸인 하나 딱따기를 치며 걸어오고 있다.

—「천사가 불칼을 들어 그 땅을 치니」 부분

온몸에 덮인 모래 털어내며 다시 한 걸음 무거운 발을 옮기는데…… 하늘에 떠 있는 구름 저 너머 멀리서 다큐멘터리 진행자의 음성이 들려오는 것이었다…… 사막을 가다 낙오돼 쓰러진 사람에겐 죽음이 있을 따름입니다……

—「실종」 부분

그것은 수 세기에 걸쳐 바람이 짊어지고 간 꿈들이 쌓여 이루어진 거대한 화석이 동료들을 부르는 소리이다. 사막에 사는 그 부족은 끝없이 지상을 떠돌며 언젠가 크고 환한 별을 땅속에서 캐낼 것이라고 믿는다.

—「사막의 돌」 부분

반전을 거듭하는 이야기의 결말은 '지혜'와 맞닿아 있는 기이한 몸짓으로 마무리되기도 하며, 판단의 반성적 작용이라 할 무엇, 그러니까 "드러내거나 숨긴 채로 유용한 무언가"를 지니고 있는 것으로 보인다. 이와 같은 이야기의 '유용성'은 "어떤 때는 도덕이기도 하고, 또 어떤 때는 실제적 지침이기도 하며, 또는 속담이나 삶의 격률"[14]과도 일면 닮아 있지만, 그것은 "어떤 물음에 대한 대답이라기보다 (방금 전개되고 있는) 어떤 이야기를 계속 이어가는 것과 관련된 어떤 제안"[15]에 가깝다고 해야 한다. "그놈들"은 아주 고약한 무엇, 어디서, 언제라도 튀어나올지 모르는 무엇이며, 누구를 막론하고 삼켜버릴 수 있어 "잠시라도 긴장을 풀거나 주의를 늦추면 그놈들이 나타나 쩍 벌어진 입을 앞세우고 달려들 것"(「악어」)이라고 시인은 말한다. 사방에 편재하는 악의 기원이자 공포의 존재인 이 "악어"는 우리를 지배하는 외부의 타자가 아니라 오히려 우리가 그 안에 살고 있으면서 인식하지 못하는 무엇일 뿐이다. 시인은 우리의 삶에 편재하는 이 악어라는 존재에 대해서 "당신이 분명히 알아두어야 할 것"이 있다고 환기하며, "우리 사이에 악어가 숨어 있는 것이 아니라 악어들 사이에 우리가 살고 있다는 것"을 명심해야 한다고 한번 더 강조하며 시를 마무리한

14) 같은 책, 421쪽.
15) 같은 책, 422쪽.

다. "그놈들은 어디서 튀어나올지 모른다"는 구절이 반복되면서 맺어진 이야기의 결말에서, 악어가 지배하는 세계에서 펼쳐질 수 있는 우리 삶의 가능성을 시인은 두 가지로 나누어 '조언'을 건네기도 한다. 결말은 이렇게 어떤 사실을 고지하고, 행위를 주문하며, 나아가 그렇지 않을 경우에 빚어질 비극적 결과를 예언하면서 지침을 선언하는 형식을 취한다. "사막을 가다 낙오돼 쓰러진 사람에겐 죽음이 있을 따름입니다……"(「실종」)처럼 마치 '화면'을 뚫고 나온 것과도 같은 TV 다큐멘터리 진행자의 말은, 예언적 단언이면서 동시에 명백한 진리나 사실에 대한 발화에 가장 근접해 있는 일종의 경고에 가깝다. 「사막의 돌」이나 「밤으로의 표류」의 마지막 대목 역시 이유를 설명하고, 행위에 판단을 내리고, '만약 하지 않을 때'라는 식의 부정의문문의 대답을 예언처럼 새겨놓는다.

남진우의 시에서 모든 것은 자고 있다. 망각된 것을 기억하는 것, 망각된 것의 지형도를 현실에서 그리는 것, 훼손된 경험을 기억으로 '재현'하면서 시인은 "현실적으로 일어난 일을 말하는 게 아니라, 필연성 혹은 유사성의 질서에서 일어날 법한 무언가"[16]를 이야기로 풀어놓는다. 이야기 역시 대부분 잠을 자고 또 꿈을 꾼다. 무의식과 욕망이 말을 할 뿐

16) Artistote, *Poétique*(Texte, traduction, notes par Roselyne Dupont-Roc et Jean Lallot), Seuil, 1980, p. 65.

만 아니라 타자에게도 말을 거는 것은 꿈의 형식 속에서이다. 꿈에서, 꿈에 의해서, 할 수 없었다고 믿었던 무언가를, 의식적-무의식적으로 좌절되었다고 믿어왔던 것들을 실행한다. 꿈은 무엇이던가? 꿈에서 우리는 죽음을 손에 쥘 수도 있으며, 죽은 '나'의 모습을 볼 수도 있다. 마찬가지로 꿈에서 우리는 입에서 불을 뿜을 수도, 불길로 뛰어들 수도 있다. 현실에서 실행될 수 없는 것들, 그것 자체로 "고통스러운 감정들"[17]이 꿈에서 실현 가능한 세계로 진입한다. 꿈에서 우리는 이성과 금기의 빗장을 풀어헤치고, 가쁜 숨을 고르며 접어든 막다른 골목에서, 느닷없이 괴물과 마주쳐 공포를 겪으며 식은땀을 흘리다 화들짝 깨기도 하는 것이다. 시는 "한없이 깊고 어두운 밤의 한가운데 신기루처럼 어른거리는 몇 개의 잡히지 않는 꿈들"(「모래의 시간」)의 이야기, "장기판을 마주한 노인들"이 "여전히 상대의 다음 수를 헤아리는 데 골몰"할 때 머릿속에 떠오르는 "전투와 살육의 현장"(「서역만리」)이자, "어두운 밤 개 짖는 소리마저 끊긴 고요한 거리 모두들 잠들어 평안한 시간 시계탑의 시계도 시간의 흐름을 잊고 잠시 분침과 시침이 순환운동을 멈출 때"(「한밤의 마술」) 착수되는 꿈 이야기, 꿈과 같은 이야기, 꿈에 꿈을 거듭하는 이야기이다.

---

17) 지그문트 프로이트, 「작가와 몽상」, 『예술, 문학, 정신분석』, 정장진 옮김, 열린책들, 2003, 145쪽.

매일 아침 거울은 아무런 일도 일어나지 않았다는 듯 매끄러운 표면에 방안 풍경을 담아 보여줄 뿐이지만 소년은 안다. 거울 속엔 무수한 존재들이 살고 있어 어느 순간 거울을 넘어 이쪽 세계로 침입해 들어올 기회만 노리고 있다는 것을. 그들이 휩쓸고 지나가면 거울은 텅 비고 세상은 거울에 갇혀 거울 저편을 반사하게 될 것이다. 불안과 호기심에 사로잡힌 소년은 조금 몸을 일으켜 어둠 속 거울을 향해 다가간다. 다가갈수록 거울에서 끓어오르는 소리는 금방이라도 방안으로 쏟아져나올 듯이 커져간다. 거울 속 머나먼 평원을 달려온 말들이 거울을 부수고 거울 바깥으로 뛰쳐나올 것처럼 맹렬하게 거울 표면을 두드리고 있다. 소년의 이마가 차가운 거울에 닿으려 하는 순간 소년은 흠칫 놀라며 물러선다. 거울 저 깊은 곳에서 날아온 화살 하나가 마악 그의 눈가를 스치고 사라졌기 때문이다. 온몸의 피가 싸늘하게 식어가는 것을 느끼며 소년이 황급히 벽의 스위치를 올리자 거울 속 소란스런 움직임은 순식간에 멈춘다. 거울 표면엔 멍하니 눈을 크게 뜬 채 거울 바깥으로 마악 나오려 하는 소년의 모습만이 얼어붙어 있다.

—「거울을 들여다보다」 부분

거울 속의 세계에는 "무수한 존재들이 살고 있"으며, 무한

한 에너지로 넘쳐난다. 그 사실을 아는 소년은 또한 이 무한한 존재가 "어느 순간 거울을 넘어 이쪽 세계로 침입해 들어올 기회만 노리고 있다는" 사실을 알고 있으며(의식하며), 이 포화상태의 에너지들이 "거울에서 끓어오르는 소리"를 들을 줄도 안다. 들끓는 욕망과 무의식의 에너지는 이성의 장막이 잠시 느슨해질 때 의식의 표면 위로 솟구쳐오르며, 자유연상이나 꿈에서 우리는 그 예를 찾곤 한다. "전쟁이나 사냥 같은 죽고 죽이는 참극이 벌어지고 또 때로는 축제나 연회가 벌어져 사람들이 먹고 마시며 웃고 떠드는 소리가 거울을 넘어 누워 있는 소년의 몸 위로 쏠려 오"는 순간, "혁명이 일어났는지 함성과 더불어 시위대가 행진하며 노래 부르는 소리가 들려올 때"가 바로 꿈의 시간, 연상의 순간, "개와 늑대 사이의 시간"이다. 시인이 "매일 아침 거울은 아무런 일도 일어나지 않았다는 듯 매끄러운 표면에 방안 풍경을 담아 보여줄 뿐"이라고 언급한 것은 이 때문이다. 거울 너머에서는 현실에서는 벌어질 수 없는 사건들, 일어날 수 없는 일들, 가능하지 않은 것들, 그러니까 상상에 국한되었던 것들이 실제로 벌어지고 있고, 그 접점을 마주보고 있는 소년은 "불안과 호기심"을 동시에 갖고 있다. 거울은 이처럼 "스스로 깨닫지 못한 채 마주쳤던 자기 자신의 모습들로 이루어진 이미지들"[18]을 비춘다. 간혹 "거울 저 깊은 곳에서 날아

18) 발터 벤야민, 같은 책, 434쪽.

온 화살 하나가 마악 그의 눈가를 스치고 사라"지듯 거울 저 너머 무의식의 세계가 현실로 범람할 기미를 보이는 것이다. 중요한 것은 이야기가 뿜어내는 상상력과 환상성, 이야기의 불가해성이나 정의-요약 불가능성 자체에 있는 것이 아니라 꿈의 그것, 그러니까 악몽의 일종, 전설이나 신화, 구전이나 말 그대로 '이야기'라는 다소 모호하면서도 낯설고, 무의식적이면서도 잠재적인 욕망을 반사한 거울 저 안쪽의 세계가, 이야기에서 직접 화면을 뚫고 걸어나오듯 백지 위로, 현실로 범람한다는 것이다. 「문」을 읽어보자. 전문을 인용한다.

아주 오래된 폐가의 문을 열고 들어가니 할머니 한 분 구석에 앉아 계시네. 할머니 옆에 다가가니 낡은 보퉁이 하나 굴러다니고 있네. 그 속엔 무엇이 들었나요, 물으니 할머니 히죽이 웃으시곤 보퉁이를 풀기 시작하네. 꽁꽁 묶은 보퉁이를 풀어헤치자 다른 보퉁이가 나오고 그 보퉁이를 풀자 또다른 보퉁이가 나오네. 뭐길래 저렇게 소중하게 싸고 또 싼 것일까 생각하며 할머니 손놀림을 바라보고 있노라니 할머니 문득 풀다 만 보퉁이를 내게 내미시네. 그 보퉁이 가슴에 안고 폐가를 나오자 하늘은 눈부시게 푸르르고 태양은 환한 햇살을 사방에 무진장 퍼뜨리고 있네. 돌아보니 어느새 폐가는 보이지 않고 나 홀로 들판 끝 외딴 벼랑 옆에 서 있네. 보퉁이를 옆구리에 끼고 걸어가다 문득 생각이 나 멈춰 서서 보퉁이를 풀기 시작했네. 하나 풀고 둘 풀고 셋 풀고 끝없이 겹겹이 싼 보퉁이를 풀어헤치다 지쳐 털썩 길가에 주저앉고 말았네. 풀다 만 보퉁이를 옆에 던져두고 잠시 졸음에 잠겼는데 멀리서 삐꺽이며 오래된 나무문이 열리는 소리가 들리네. 어둑한 그늘 저편에서 소녀가 나타나 내게 다가오더니 내 옆에 굴러다니는 낡은 보퉁이를 가리키며 묻네. 그 속엔 무엇이 들었나요.

이야기의 화자는 어느 집의 문을 열고 들어가서 할머니를 만나고, 이어 "풀어헤치자 다른 보퉁이가 나오고 그 보퉁이를 풀자 또다른 보퉁이가 나오"는 보퉁이를 들고 나온다. 그러자 하늘에서 신비한 변화가 일기 시작한다. 이 순간을 기점으로, '나'가 문을 열고 그 안으로 들어갔다 나온 "아주 오래된 폐가"가 사라져버린다. 이렇게 우리는 '나'가 꾼 꿈을 기록한 것인지, 작품 속에서 화자가 꾼 꿈을 '나'가 들려주고 있는지, "잠시 졸음에 잠"겨 꿈속에서 본 어느 소녀에 관한 이야기를 현실에서 겪은 일 다음에 기록하며 이야기를 마무리하는 것인지 모호한 상태에서 "나 홀로 들판 끝 외딴 벼랑 옆에 서 있네"라는 문장을 마주한다. 이야기는 피어오르고 사라지고 다시 피어오르는 신기루처럼 몽롱하고, 꿈으로 겹겹이 쌓인다. 이 이야기에서 꿈꾸는 자는 '어디'에 있는가? 꿈꾸는 자는 '누구'인가? 아니, '나'는 누구인가? 화자-주체의 경계가 겹겹의 신기루 속에서 차츰 희미해지기 시작한다.

이제 '나'에게 보퉁이만 남겨졌다. 보퉁이는 풀어도 풀어도 끝이 없다. 이 보퉁이는 이미 '꿈속'의 보퉁이라고 말해야 할지도 모른다. 여기에 더해, 보퉁이를 계속 끄르던 '나'가 지쳐서 잠시 졸았다고 말하는 대목에 이르러 꿈과 현실의 경계는 완전히 무너져버린다. 이와 같은 반수면상태에서 "멀리서 삐걱이며 오래된 나무문이 열"린다. 꿈은 이렇게 시간을 잡아먹고, 순간을 완전히 이야기 안에 녹여버린다. 할머니의 전신인지 명확히 알 수 없는 상태에서 홀연 "소녀"가 나타나 내 옆에 놓여 있는 "낡은 보퉁이"를 가리키며 "그 속엔 무엇이 들었나요"라고 물을 때 우리는 '문'이 '글'의 상징이며, 보퉁이가 '이야기-시'에 대한 알레고리라는 사실을 어렴풋이 짐작하면서도, 현실로 범람해온 이상한 꿈, 일어날 수 없는 일이 발생한 바로 그 현장에 우두커니 서 있게 되는 것이다.

> 폐하께선, 자신이 죽은 다음, 즉위할, 국경 수비대가, 반란, 혁명, 결코 그놈만은, 기필코, 숨이 붙어 있는 한, 희생할 수밖에 없는, 처단, 운명, 어쩌면, 혹시, 그러므로……
>
> —「밀사」 부분

> 이 푹신한 코끼리 베개에 머리를 묻고 한숨 자고 나면 거기서 뻗어나온 기다란 코가 어느새 내 몸을 휘감고 있는 상태로 깨어날지도 모르겠다.
>
> —「코끼리를 꿈꾸다」 부분

긴 세월 자객이 칼을 휘두르는 동안 궁성은 완전히 텅 빈 폐허가 되었다가 다시 서서히 복구되었다. 기진맥진한 자객의 칼이 다시 왕비의 가슴을 관통하는 순간 한 무리의 관광객들이 방에 들어와서 연신 카메라 플래시를 터트렸다.

—「자객」 부분

이야기 속 이 꿈 저 악몽은, 실제로, 현실로 범람하며 발화의 옷을 입고 제 흔적, 쪼가리, 파편만을 남긴다. 오직 자신만이 알고 있는 "비밀스런 절차"를 통해 밀사는 왕의 후계자가 바로 '나'라고 알려주지만, 그는 이미 독이 든 포도주를 마셔 서서히 죽어간다. 그가 '나'에게 전해주는 왕의 명령이 무슨 말인지 알아들을 수 있는 자는 세계에 없다. 시는 "이 명령은 다시는 번복되지도 반복되지도 않을 것이라고 말씀하셨습니다"로 맺는다. 이 문장은 그 자체로 번복할 수 없는 '진리'의 해독 불가능성에 바쳐지며, '욕망하는 것'과 '아는 것' 사이의 돌이킬 수 없는 단절을 봉합하는 파편이자 수수께끼, 백지 위에 남긴 그 잔해와도 같다. 이 진리, 욕망, 무의식은 "낯설게도 물에 불어 너덜너덜해진 몇 권의 책"(「책들은 그 섬에 가서 죽는다」)처럼 읽을 수 없거나, "중력 암흑물질 벌레구멍"(「나는 어둡고 적막한 집에 홀로 있었다」)이나 "살해 도구가 무엇일까 싶어 둘러보다 이불을 들"춰 찾아낸 "어젯밤 한입 베어먹다 남긴 사과"(「범행의 흔적 1」)처럼 규명이 불가능하거나 절대로 일치할 수도, 그 진위 여부를 파악할 수도 없는, 그럼에도 발화되어 페이지 위로 전화된, 알아들을 수 없고 읽을 수 없는 '진리'인 것이다. 그것은 꿈에서건, 시에서건, '있는 그대로' '직접' 무언가를 표상하거나 지칭하지 않는다. 이는 무의식이 '전이' '응축' '이전' '삭제' '변형' 없이 그대로 백지 위를 활보하지 않기 때문이다. 무의식이 언어로 구조화되어 있는 것처럼, 또한 그 언어가 해독이 불가능한, 오로지 '이집트의 상형문자'와 같은 불가해한 형식으로 주어지는 것처럼 말이다. "인과관계의 회로가 꿈에서는 차단되어 있기 때문"에 결과적으로 "꿈은 욕구충족이 직접 현실화된 영상이라는 것을 결코 보여주지 않으며, 이것이 꿈이라는 표상을 종잡을 수 없는 것"[19]으로 만들어버리듯, 꿈에서 욕망과 무의식은 파편들이자 잘라진 이미지에서 솟구쳐 표상된 무엇처럼 굴절-변형되어 전화될 뿐이다. 꿈을 알 수 있는 것은 누군가, 현실에서 그것을 '꿈'이라고 이야기하며 기억을 더듬어 들려줄 때뿐이며, 이 기억은 발화의 영역으로 오롯이 포섭되기 전에 휘발되어버리는 특성을 갖고 있다. 이야기에 반

19) 이시미쓰 야스오, 「언어가 신체로 변한다—정신분석과 판타즘의 논리」, 고바야시 야스오 · 후나비키 다케오 엮음, 『知의 논리』, 유진오 · 오상현 옮김, 경당, 1997, 84쪽.

영된 꿈은 이러한 사실에 비추어 어떻게 나타나는가? 어젯밤 (꿈에서) 살해에 쓰였다고 여겨진 사과, 즉 '나'가 꿈에서 목격한 사과는 어디에 있는가? 현실에는 존재할 수 없는 이 사과는 잠에서 깨어난 아침, 침대 주변에서 뒹굴고 있는 것이다. 어젯밤 꿈에서 보았던 그 사과가 한입 베인 채 현실의 '나' 바로 옆에 놓인다면, 사태는 달라진다.

우리가 죽음을 체념하고 인정할 수 있는 조건도 오직 허구 세계에서만 충족될 수 있다. 말하자면 허구 세계에서 벌어지는 인생의 온갖 우여곡절 뒤에서 현실의 삶은 여전히 안전하게 보호받을 수 있는 것이다. 인생이 한 수만 삐끗해도 승부를 포기해야 하는 체스 게임과 같다는 것은 너무나 슬픈 일이기 때문이다. 다만 인생은 체스와는 달리 한 번 지면 그것으로 끝장이고, 설욕전을 가질 수 없다는 차이가 있다. 허구의 영역에서는 우리가 필요로 하는 수많은 삶을 찾을 수 있다. 우리는 소설 속의 주인공을 우리 자신과 동일시하고, 그 주인공과 함께 죽는다. 그러나 실제로는 살아남아서, 또 다른 주인공과 함께 다시 죽을 준비를 한다.[20]

20) 지그문트 프로이트, 「전쟁과 죽음에 대한 고찰」, 『문명 속의 불만』, 김석희 옮김, 열린책들, 2003, 57쪽.

남진우의 이야기에서 꿈은 현실로 들이닥친다. 양자를 가로막는 빗장이 백지 위에서 모호하게 풀린다. "두 주일이 흐른 뒤 그 일은 또 일어났다"처럼 이야기에 등장하는 꿈은 강박적이자 반복되는 형태를 취한다. 유령 같은 존재가 주기적으로 출몰해서 횡포를 부린다는 이야기는 "의자 다리에 찍힌 자리인 듯 희미한 흔적만이 거실 바닥에 남아 있을 뿐"(「어두워지기 전에」)인 것으로 마무리된다. 이 사투는 악몽인가? 사투의 흔적이 현실로 치고 올라와 고스란히 남겨졌다. 유령을 보았다. 그 유령을 쫓아버리려고, 나뭇가지 하나를 꺾어 있는 힘껏 휘둘렀다. 진땀을 흘려 고생고생한 끝에 드디어 유령이 사라졌다. 그런데 '나'가 휘두른 이 나뭇가지 끝에 유령의 찢긴 옷가지가 남아 있다. 유령에 맞서 사력을 다해 유령을 물리치려 했던 행위가 바둥거리는 악몽 혹은 꿈이라면, 찢긴 옷가지가 남아 있는 곳은 아무런 이유 없이, 까닭 없이 등장한 현실이다. 이 형언할 수 없는 꿈-현실의 사태는 남진우의 이야기에서 쾌락과 공포로 직조된 눈부신 대칭들에 수시로 둘러싸인다. 이렇게 이야기는 '욕망하는 것'과 '아는 것' 사이의 돌이킬 수 없는 단절을 봉합하는 파편과 잔해를 기록한다. 시집의 이야기꾼은 이렇게 "자기 삶의 심지를 조용히 타오르는 이야기의 불꽃으로 완전히 태"[21]워버리는 것이다.

---

21) 발터 벤야민, 같은 책, 459쪽.

비범한 꿈이 제 숨을 고르고 있는 기이한 책이 '툭'하고 우리 앞에 떨어져 숱한 페이지를 펼쳐 보였다. 이 '이야기'는 무엇인가? 누가 이 예순여덟 개의 '이야기'로 구성된 기이한 '산문시집' 전반에 고여 있는 판타즘의 집합을 규명하고자 미처 못다 한 '이야기'를 마저 이어갈 것인가? '의식'의 세계에서는 '해독하기 어려운', 오로지 그러한 형태로 발현된 이 이야기, 수많은 대답이 배후에 떠돌고 있는 이 수수께끼 같은 이야기, '먼 곳'에서 현실로 치고 들어온 이야기를, 누가, 어떻게, 그 비의를 드러내고, 해석의 반열에 올릴 수 있을 것인가?

남진우 1981년 동아일보 신춘문예를 통해 등단했다. 시집『사랑의 어두운 저편』『새벽 세 시의 사자 한 마리』『타오르는 책』『죽은 자를 위한 기도』『깊은 곳에 그물을 드리우라』가 있다. 명지대학교 문예창작과 교수로 재직중이다.

문학동네시인선 140

나는 어둡고 적막한 집에 홀로 있었다

1판 1쇄 2020년 6월 25일
1판 2쇄 2021년 12월 23일

지은이 | 남진우
책임편집 | 김민정
편집 | 이성근 유성원 김동휘 송원경
디자인 | 수류산방(樹流山房) 본문 디자인 | 유현아
마케팅 | 정민호 이숙재 우상욱 정경주
홍보 | 김희숙 함유지 이소정 이미희
제작 | 강신은 김동욱 임현식
제작처 | 영신사

펴낸곳 | (주)문학동네
펴낸이 | 염현숙
출판등록 | 1993년 10월 22일 제406-2003-000045호
주소 | 10881 경기도 파주시 회동길 210
전자우편 | editor@munhak.com
대표전화 | 031) 955-8888 팩스 | 031) 955-8855
문의전화 | 031) 955-3578(마케팅), 031) 955-2656(편집)
문학동네카페 | http://cafe.naver.com/mhdn
북클럽문학동네 | http://bookclubmunhak.com

ISBN 978-89-546-7094-4 03810

* 이 도서의 국립중앙도서관 출판예정도서목록(CIP)은 서지정보유통지원시스템 홈페이지(http://seoji.nl.go.kr)와 국가자료종합목록 구축시스템(http://kolis-net.nl.go.kr)에서 이용하실 수 있습니다.(CIP 제어번호 : CIP2020008306)

잘못된 책은 구입하신 서점에서 교환해드립니다.
기타 교환 문의: 031) 955-2661, 3580

www.munhak.com

문학동네